涼宮春日的直覺

谷川流

涼宮春日的直覺

CONTENTS

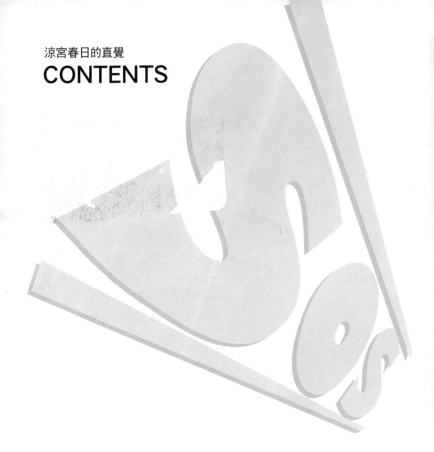

封面、內文插畫／いとうのいぢ

無厘數

「七十七萬五千兩百四十九。」

這句話伴著白氣飄過我耳邊，旋即被颳掃的寒風揉碎在空中。

藍得刺眼的晴空看起來格外廣闊，可是冷還是會冷。新的一年才剛開始三天，北半球還需要好些日子來做做暖身操，以迎接春天的到來。

我不理他繼續走，然而他整個人都散發等我反應的氣息，我便絞盡全身的服務精神問：

「那什麼數字啊，古泉？你這一生吃過的麻糬嗎？」

「愛說笑。」

自稱超能力者的少年輕笑自嘲。

「這串數字沒什麼特別的意思，就只是我心血來潮想到——應該說想起來的數字。不只對你，我敢說這組數字排列對我以外的全體人類都沒有意義。」

讓我聽見這數字就已經不算是自言自語了喔。故意說給人聽的自言自語，就跟莫名其妙飛到臉上的廣告傳單一樣，誰接到誰倒楣。

「那真是抱歉。」

與其讓我知道你有歉意，不如說清楚你的用意。這個七十七萬啥子的是什麼東西，去年八月都沒聽過這麼大的數字。

「如果說我這三天總共拿到這麼多壓歲錢，你會怎麼想？」

不會怎麼想，就只會要你當ＳＯＳ團的錢包而已。首先第一步就是以後集合時你不能比我還早到。

「這恐怕有困難。請客是無所謂，但要我比你晚到，幾乎是不可能的事。」

為什麼，我也是能照計畫行事的好不好？只要事先講好，比你早十秒到場也不是問題。

穿厚外套的古泉即使不冷也聳起了肩。

「抱歉，其實我已經故意拖時間很多次，想最後一個到。不過無論我怎麼調整時間，你都一定會比我晚到。這不太可能是單純的巧合，只能說涼宮同學無意識之中希望你這樣。」

「無意識也故意搞我，太過分了吧。」

這次換我口吐白煙。

「至少今天就把平常在咖啡廳請客花的錢塞進功德箱裡好了，感覺這樣她的精神會比較安定一點。」

我在天寒地凍中抬起頭，仰望那堅固的石製鳥居。而朱紅色的巨大院門就在那後面莊嚴地張著嘴。

正月初三中午過後不久，我們來到市內某神社門前。

春日在雪山合宿時宣告的事項，就在此時此刻成真了。不是朦朧無意識的發顯，而是出於明確的堅定意志——

我們來作新年參拜了。

「我們」指的當然是SOS團五人眾，畫面絕不是只有我和古泉兩個男人傍地走那麼淒涼。然而我和古泉似乎都不太敢接近團長和另外兩人，隔了段距離走在後面。這時穿得特別招搖，堪稱元兇的傢伙轉過頭來說出接下來的話：

「快點，先從這間神社開始拜！今天我們要把這個市裡的所有神社全部拜過一遍喔，檔打起來！」

至少我體內沒有離合器踏板也沒有變速箱，這傢伙的肚子裡就有嗎？喔不，搞不好有渦輪增壓器。

「我們元旦沒時間來，神一定早就等死我們了。要拿出誠意，把遲到的份拜回來喔。」

春日穿得像女兒節娃娃最上層一樣，帶著兩旁穿素雅和服的長門和朝比奈學姊，向天高高豎起食指。

「一年之計在於元旦起三天！」

還瞎掰這麼一句諺語出來。

「所以想求什麼就在今天趕快求完吧！」

簡直是暖高壓化身的她，帶著熱氣騰騰的笑容說出會遭天打雷劈的話。

我照例踏著慢悠悠的腳步，照例來到站前集合，而其他人也都理所當然似的一副恭候多時的架勢。明明約定時間還沒到，為什麼要用這種莫名罪惡感折磨我，替我想想行不行。不過今天狀況特殊，能見到ＳＯＳ團三姝先到我是比較放心，古泉就當空氣。

春日、長門和朝比奈學姊今天要先在鶴屋家集合再過來這裡，所以集合時間設定得比平常晚一些。行程是春日昨天定的，有經過鶴屋學姊的同意。不用說，這完全沒考慮到其他團員方不方便，但是很難得地連我也沒有異議。

至於她們三個為何要先去鶴屋學姊家集合呢，用看的比較快。

「這衣服怎麼樣，很棒吧？」

春日不知道在跩什麼，高挺胸膛全方位噴灑比衣服還耀眼的燦爛微笑。

「有希和實玖瑠也是喔！」

她搭著身旁兩人的肩抱了過去。說得沒錯，真的讚到不行。

即使說得含蓄點，她們這身將日本氣韻展現得淋漓盡致的裝扮，吸睛程度比起冬季夜空中閃耀的獵戶座三連星也毫不遜色。尤其是朝比奈學姊，拍下來給和服公司印在小冊子上，當作有錢人參加女兒入學典禮時的參考服裝也沒問題。這就是質料一流，穿的人超一流的境界。而且在沒有春日那麼招搖，也沒有長門那麼內斂這點上，說她是位在美之天平正中央的均衡女神也不為過。真不愧是朝比奈學姊。我也不曉得到底在不愧什麼東西就是了。

「真的非常好看。」

和我一樣只穿便服的古泉應聲附和，往我看來。表情只能說是欠揍的微笑，但春日似乎沒注意到。如果只有我能看穿古泉那張變化細微的假面皮，感覺怪噁心的。換成朝比奈學姊就算了，我才不想這麼了解他。

而古泉對我投出一個頗有寓意的微笑，對春日問：

「都是鶴屋學姊準備的嗎？」

居然能一人給一套這麼合適的振袖（註：振袖是日本未婚女性所穿著的一種華麗和服，特徵是袖子很長），有錢人果然猛。不過鶴屋學姊不管做出什麼事好像都不足為奇，畢竟她家住豪宅，想在院子裡挖個井都搞不好會跑出元祿金幣，還有棟位在滑雪場邊的別墅呢。我們五個就是接受鶴屋學姊豪爽的免費招待，昨天剛從那棟別墅回來的。這場冬季合宿發生了很多事，令人心力交瘁，每一幕至今仍歷歷在目。

回程電車上，鶴屋學姊聽到春日說新年參拜云云，要怎麼打扮云云時，鶴屋學姊便很阿莎力地說：「不介意的話就穿我的吧！」語氣像出借拋棄型懷爐那麼輕鬆。「沒關係沒關係，反正不穿也只是佔衣櫃，放著給蟲咬而已。老爸是很想看我穿啦，可是我實在不喜歡穿很難跑跳的衣服。」

「我也不喜歡。」春日小露她的內心世界。「可是東西買了不用也很可惜，為了避免它們變成付喪神以後作祟害人，就讓我們來替妳穿一下吧！」

「耶～！」「好樣的～！」春日笑嘻嘻地如此宣告，還跟鶴屋學姊擊掌。我是聽得一頭霧水，除了猜想她們之間有某種……就是，激昂嗎，唯有像太陽一樣的人才會懂的氣氛之類的東西以外，一個字也插不了嘴。

朝比奈學姊只能一下「咦？」一下「是喔」一下「付……喪？那什麼……？」完全跟不上她們的節奏。

「…………」

長門的瀏海隨車廂震動細細搖晃，視線片刻不離手中異常厚重的文庫本書頁。我妹和外出箱裡的三味線則是倒頭狂睡。

最後鶴屋學姊還笑嘻嘻地說，由於她今天一早就要在飛往歐洲的飛機上給人伺候，會先跟家裡的人交代好，春日她們只要直接上門挑，喜歡什麼就穿走，而春日也毫不客氣地爽快答應這誇張的提議。而她想要的回報就只是——

「要把大家穿和服的樣子拍給我看喔，這樣就行了！」

「簡單啦！」

春日說著豎起大拇指，我和古泉沒有預知未來也沒有事先約好，卻以一模一樣的動作同時聳了聳肩。

當我結束回憶時，古泉說：

「這些我都記得，昨天的事而已嘛。」

他在「昨天」加重語氣，音調有如稀稀薄薄，難以言喻的微光。

「可是對你來說，昨天的記憶不只是這樣吧？對我而言，全部就只是那樣而已了。對另一個人，涼宮同學也是。」

我們一行人以穿和服也跨大步走的春日打頭陣，走進神社院內。都大年初三了，香客還是很多。所幸春日的步伐跟野兔一樣醒目，還有楚楚可憐的長門和身邊彷彿能看見「嘿咻嘿咻」等擬態語的朝比奈學姊跟著，基本上不會追丟。參道兩旁攤販櫛比鱗次一字排開，香客更是不知道哪冒出來的，擠得水洩不通。愛熱鬧的春日，一定很喜歡如此只剩立錐之地的人口密度，根本就是她的舞台。其實我也挺喜歡這種到處都是香噴噴燒烤味的地方，有段時間沒吃章魚燒了呢。

話說回來，不曉得是春日懂得怎麼穿和服還是鶴屋家裡的人有幫忙，她們衣服換得很順利的樣子。原本還擔心我們兩個臭男人得在冷颼颼的山風裡打著哆嗦等她們姍姍來遲，幸好沒發生這種鳥事。吊車尾偶爾還是有好處的嘛。

在我刻意又主動地充耳不聞時，古泉特地呼給我看似的在空中凝結他的吐息。

「你和長門同學跟朝比奈學姊的冬季合宿應該還沒結束。你們三個在延長賽玩得很開心吧，教我不羨慕也難啊，我好歹也是ＳＯＳ團的副團長呢。」

天啊，原來如此，這下終於懂了。呃，我是指他略為鬱悶的臉上，那一絲絲的微笑到底是什麼意思。

從冬季合宿回來，在車站解散後，我和長門跟朝比奈學姊一起完成了「前往去年的十二月十八日，再回到出發時刻的六十二秒後」，在文法上好像有點問題的偉業。我當然不覺得累，反而很暢快。我沒問長門怎麼想，但我相信她也和我一樣。當時朝比奈學姊從頭混亂到尾，在她眼裡就只是我和長門做了些莫名其妙的事吧。整體而言，涼宮春日一夥的行動本來就是沒有不莫名其妙的，所以應該沒問題才對……

言歸正傳，看來古泉這傢伙是在怨我們沒拉他加入這場時空跳躍風波。

「感覺就像是我和涼宮同學被你們排擠了呢。」

說什麼傻話，我們怎麼能找春日，那肯定會變成遠超乎時空悖論的大事。

「如果只有我，兩三下就沒事了吧。」

你問我我問誰。那個時間點的那個空間裡就是沒你這個人，想抱怨就找第二次時空跳躍的我說去。要是當時的我有看見你或聽見你的聲音，肯定會強迫你入夥。

古泉面帶淺笑地看著我，一副苦水還沒吐完的樣子。

「你不是在那什麼閉鎖空間裡納涼嗎？超能力少年兼職跨時空少年會過勞啦，自重點。」

「再有這種機會的話一定要找我喔。這件事就拜託你放在心上了……」

我暫時不想再遇到這種機會。再說既然要祈禱，就去跟神社裡的神仙說吧。只要丟幾個香油錢，說不定就會好過一點喔。不過對所謂的「機關」來說，神不是那八百萬諸神之一，就只有春日一個吧。

春日和長門跟朝比奈學姊排成橫列，叩叩叩地帶領我和古泉前進。三名和服少女所穿的鞋襪、腰帶、帶扣甚至髮飾，當然都是鶴屋家出品。金錢概念規模小如我，估不出那總共值多少錢，但拿去當舖應該能小賺一筆吧。我就這麼一邊動歪腦筋，一邊看著春日背影走，轉眼來到了手水舍。

春日做起事來總是在大體上異常大氣，對芝麻小事倒是挺囉唆。我們在她的指導下，用附設的杓子洗手漱口。

「先用這個這樣……哇，好冰。」

朝比奈學姊杏眼眨呀眨地模仿春日的動作，好比是參加早了好幾年的成人禮。

「…………」

拿著杓子發呆的長門，就像是水鬼來參加七五三了。

以為終於能把零錢扔進功德箱而繼續前進後，我發現拜殿前更是加倍地擠，深怕急躁的春日會組起方陣隊形，找出敵陣的些許縫隙就如突擊騎兵似的殺過去。幸好我們的團長大人還不至於在神明面前撒那種野。

「那還用說嗎，我也是會看時間地點對象的好不好。不過參拜這種事本來就是先拜先贏，還是有可能啦。」

開啟瘋嘴模式的春日把朝比奈學姊拉過來說：

「別說這個了。實玖瑠，下次穿那個怎麼樣？」

春日回頭就綻開笑顏，指向在社務所櫃檯忙著賣繪馬和卜籤的打工巫女。白上衣紅袴褲的對比十分亮眼。

「巫女啦，巫女。我想想，既然要穿就要穿正式的嘛，等等抽完籤要記得問有沒有賣巫女服。」

那沒什麼不好，且多半沒在賣，我就不多嘴了。我也想看巫女版的朝比奈學姊。在春日會執行的心血來潮中，強迫朝比奈學姊ＣＯＳＰＬＡＹ無疑是值得激賞的項目之一。

而當事人的反應好像還不錯。

「那就是真正的巫女啊～是神職人員呢。」

朝比奈學姊眼睛都發亮了。說不定在她的時代已經沒有這種職業了。

此後一段時間，我們化身為雜沓的一部分。只能跟隨人潮緩慢進軍，使我們五人雖無法總是聚成一團，但也不用擔心被群眾吞沒。

在熱鬧之處會散發出異常熱能，是我們這位團長的習性。無論人潮如何擁擠，她都能像爬出雪地的鼴鼠一樣顯眼。再加上她和朝比奈學姊黏得像對姊妹似的，辨識度直線狂飆。

長門跟在她們後頭，用低於往年三℃的冷冽黑眼珠緊緊地直視前方，以航海士尋找暗礁的表情觀察廟會的面具攤。

自然而然與古泉並肩走的我，忽然想起一件事。

「之前那個七十什麼的數字是什麼東西？」

「七十七萬五千兩百四十九。」

寫漢字太囉唆了，７７５２４９就行了吧。

「質數嗎？」

我說出第一個想法。

「雖不中，亦不遠矣。」

古泉略顯無奈地說：

「這是三個質數相乘所得出的數字。而質數的定義是大於1且只能被1或自己整除的整數，所以你答錯了。」

他似乎仍對我們沒揪他一起跨越時空耿耿於懷，語調憂鬱得很不像他。當跨越時空的少年可不好玩喔，少女可能還好一點。

「所以這個六位數有什麼意義？」

「沒有意義。」

古泉以確切口吻如此斷定。

「我只是把我碰巧記得的質數乘起來而已，老實說那對我也沒有多大意義。不過，既然都乘出來了……」

他終於露出平時的業務用笑容。

「你要不要猜猜看那是哪三個質數？」

居然出題考我。

「提示是兩個二位數，一個三位數，很簡單吧？只要一個個拿去除，很快就能夠得出答案了。」

麻煩死了。

「涼宮同學的話一下子就解開了吧。把心裡想到的質數說出來，就很可能是其中一個因數呢。我敢跟你賭，她一定會抽到大吉。」

不要把我跟那個能視概率統計於無物的人相提並論。

「還有，不可以問長門同學。時限就訂在離開這座神社以前怎麼樣？」

答對了有獎品嗎。

「可以考慮。你想要什麼獎品？」

「這個嘛……」

到頭來，我的非理科頭腦沒能為解開這計算題而運作。應該說沒什麼這種機會。

「阿虛！古泉！你們在摸什麼，趕快跟上——！」

春日不知何時已經抵達拜殿前，對我們揮動雙手。

之後一段時間，熱愛慶典集會的春日像隻放養在大草原的小狗到處又叫又跳，我們也得跟著她跑來跑去，根本沒時間想。差不多該找個新詞替代「唉唉唉」了。

簡述一下後來的行動。

我將自動販賣機找的零錢都灌進功德箱裡（這樣就算大手筆了），搖響垂吊的大鈴鐺（到底是裝來幹麼的，門鈴嗎？），依照標準的兩拜兩拍一拜，神情肅穆地祈禱（衷心祈求春日別要求些會遭天譴的事），一起抽籤作反應（吉凶和我想的差不多），經過鱗比櫛次的攤販卻什麼也沒買（每次看春日吃東西，我都很怕她會弄髒和服），在眼角餘光發現一不注意就會到處飄的長門在看立於院內的導覽板（介紹神社由來與神祇背景等），欣賞不管做什麼都好可愛的朝比奈學姊（如果我穿越到古墳時代去，行為舉止也會跟她現在差不多吧）。將這些新年參拜經典行程跑過一遍以後——

想不起中間經過了些什麼，總之我和春日不知不覺地跟其他三人走散了。而且緊接著，還發生了一件不知是好是壞的事。

春日的草履（註：一種日本傳統的人字拖鞋）繫帶斷掉了。

「真是的，很不吉利耶。」

蹲著與繫帶搏鬥的春日抬起頭，用柳眉倒豎的典範表情看向碎唸的我。

「就是啊，真想把香油錢拿回來。這裡的神是在睡午覺嗎。」

看來不是在氣我貧嘴，我便放心地說：

「蹲在這裡會擋到路啦。來，手給我。」

我們人在參道上，等著參拜的人跟拜完歸返的人在這裡攪成一鍋粥，停在路中間的我們根本是大型路障。

「不用啦，幾步而已。」

春日將右腳草履拿在手上，用左腳像跳房子那樣移動。穿便服時或許沒問題，但現在多半是因為這身振袖太拘束，沒兩下就失去平衡。

我趕緊在她倒下前攙住。

「別跳了，我們到旁邊去。」

我肩膀借春日靠，到石燈籠邊緊急避難，周圍人群的視線有點痛。

「好像修不好了。」

春日從各種角度打量草履後嘆了氣。真是夠稀奇的。是因為拿我當依靠，讓她覺得自己像朵脆弱的牽牛花嗎。

「我又沒有怪你。」

她扶在我肩上的手施力點稍微往下移。

「要是用一隻腳跳回去，會連左腳的草履也弄壞嘛。我可不喜歡把借來的東西弄得破破爛爛再還回去。」

因為妳大多是直接把借來的東西佔為己有吧。

「啊？」

我躲開她的瞪眼光束並掏出手機。先跟其他三個會合再說吧，古泉應該會很樂意當春日的支架。

可是古泉卻給了我意外的答覆。

首先得知的，是古泉、朝比奈學姊和長門三個在一起。

第二，三人正在正門附近。

第三，距離雖短，在如此擁擠的人潮中作往返運動效率很差，這我也能接受。

第四，就算他們過來了，也只不過是換個人當春日的腳而已，不如讓我完成整趟任務比較實際。

第五，我們想在這神社裡做的事幾乎都做完了，又趕著去其他神社，結論自然是儘速離開這裡。且最好是沿來路回去，因為完全沒有故意選其他路線的必要。

根據以上五點，任誰都看得出我和春日到他們那裡去，會遠比他們三人之一或全部過來找我們來得合時宜。

總之就是——

『這其實一點難度也沒有。』

電話中古泉的聲音有些幸災樂禍。

『只要你背涼宮同學到我們這來就行了。不如就給她公主抱吧，方法任君選擇。』

可惡，這傢伙給一個破建議就掛掉了。

我講電話的臉色變化惹來春日疑惑的眼光。將古泉的恐怖想法說出來之後，她表情愈發錯愕，視線在往來香客中遊走。

「沒別的辦法了嗎？」

好像前線指揮官眼見敗相濃重，無奈斷棄友軍下令撤退之際會說的話。

我也不想背她，可是比起兩人三腳，還是背著走比較實際，這樣才能迅速撤離。至於公主抱就不用說了，百分之百免談。沒看到這裡這麼多人嗎。

「那就只能這樣了吧……」

春日將繫帶斷了的草履拿到眼前怨恨地瞪視著。我在她面前蹲下，而她居然很老實地爬上來了。

我感受著背上的重量，手往春日的雙腿伸。

「喂！不要亂摸啦！」

我不清楚背人的正確做法，可是從支點與施力點的關係來看，從兩側扶住春日的大腿，重心應該最穩吧。不然要我托屁股嗎，拜託忍著點。

我拉長了臉回頭，見到春日的眉梢垂得像柳枝一樣。

「可是裙襬……」

她避開我的視線說。

「啊。」我也立刻聽懂她在說什麼。

也對啦。身為男性的我沒穿過振袖，沒考慮到這種衣服的構造。仔細想像，這就像是浴衣的豪華版，用一般姿勢讓人背就等於是要她把兩隻大白腿露在外面。晚上或許還好，但現在可是大白天啊，我們一定會顯眼得像混入金龜子群的鼠婦一樣。而且顯眼就算了，要是目擊者當中有北高的人，恐怕還會惹來多餘的誤會。就算說我是拿春日當負重作跑坡訓練也不會有人信，況且根本不是。

「再上來一點。」

我更往前傾，幾乎是起跑的姿勢。既然不能用手支撐春日的重量，只好將這個工作全權交給我的脖子和背了。總不能要我當狗爬吧。還能怎樣呢。

「妳姿勢稍微往前趴一點就行了吧。」

「雖然很糗，但總比面對面抱著好了吧。這樣也最不容易弄亂和服。」

那真是太好了。可是這樣的背法很不自然，而且乘客的手力道又大得快把我掐死，實在算不上安穩。

「不要亂動喔。」

結果春日還在腰部以上幾乎與地面平行的我背上晃腳。

「快給我跑起來，快快快！」

我也很想趕快做完這件苦差事，遠離睽睽眾目。然而我的帆布鞋沒有長金光閃閃的翅膀，人這麼多我也跑不起來。

「今年過年氣氛很不錯，昨天和前天也都開心得不得了，怎麼第三天這麼倒楣呀。」

耳畔傳來如此埋怨。從我腦袋兩旁伸來的手，一隻甩著草履，一隻甩著袱巾包。

「既然這樣……」

我聽她欲言又止，便問：

「怎樣？」

「沒什麼啦。走好來喔，走好來。」

我看妳是遭天譴了吧，這座神社的主神不是女神嗎？搞不好是妳這個古泉口中的類女神太自由奔放，讓人家眼紅了。

「話說妳也太重了吧，是吃了多少年糕啊？」

袱巾包隨即擦過我的臉。

「是衣服很重啦！少廢話，用臼齒咬你耳朵喔！」

不要亂來啦。我的背可不是司機唯命是從的計程車。

以前曾看過大蛙背小蛙的擺飾。

我現在心情就跟大蛙一樣。花了不知幾分鐘還是幾十秒，終於載著怨言很多的奧客抵達高大的朱色大門。誤差是有點大，但當時我也只能靠體感了。反正誰也不會計較這種小事。

等待組的三人反應各異地迎接我們。

古泉抱胸賊笑，朝比奈學姊「哎呀呀」地雙手掩嘴，而不知為何面對一旁蹲在地上的長門，立刻站起來用她高明度的眼睛凝視我們。

想到這段說長似長說短似短的路途只剩下穿過鳥居即可結束，心情就輕鬆了點。春日匆匆下馬以後，我感覺整個身體都變輕了。那麼接下來該怎麼走呢，知道有誰能幫她送鞋子來嗎？

「我是不認識這樣的人。」古泉說道：「但是想應急的話是可以的。之前我有問長門同學，她好像對這種事很拿手呢。」

我到很久以後才注意到，那直接派長門到我們那去做你所謂的應急就好了吧——雖然可能不只是應急。

因為在我動腦之前——

「仔細想想，只有我們穿和服，阿虛跟古泉都還是穿便服實在很奇怪。」

春日突然開口了。語氣如天啟乍現，帶著滿臉與先前截然不同，「我有個好點子」的燦爛笑容說：

「沒錯，你們兩個也都要像日本男人一樣穿紋付袴過年！限十秒！」

少發癲了。再說我家哪來的家紋。

「既然如此。」古泉照例應和春日。「我有個朋友在這附近開租衣店，我來問問他能不能立刻幫我們準備。」

好歹也縮一下吧，古泉。還有你那些朋友到底是多好心啊，該不會「機關」大過年的也為春日二十四小時待命？真是一刻也不得閒。

而不可能聽見我心聲的春日，不知為何竟然在這時懂得替人想了。

「突然上門也不好吧。我想想，至少事先告訴人家你們的尺寸比較好。那麼——」

春日眼睛一亮，想到驚天妙計似的說：

「把你們的身高體重告訴我，腰圍也要！」

這有什麼問題，馬上告訴妳。被人知道也不會怎樣。

可是古泉卻有不同意見。平時都能像個超一流業務員般對答如流，現在居然會「唔」一聲，說不出話來。

而且還在幾番糾結之後——

「……果然厲害。」

說出一句不明所以的話，面泛放棄掙扎的微微苦笑。

「涼宮同學，麻煩妳幫個忙。這對我來說是一件很私密又很敏感的事。」

古泉對我瞄一眼，扶著春日稍微遠離幾步，以明顯說悄悄話的樣子窸窸窣窣地跟春日咬起耳朵。

有必要藏成這樣嗎，又不是想降量級的拳擊手……

想到這裡，我注意到了。

古泉起先說的數字，七十七萬五千兩百四十九，這是三個質數的乘積，其中有兩個兩位數，一個三位數。

我忽然感到視線，側眼一看。

「…………」

是長門在盯著我瞧。似乎有話想說，眼中帶著希望我發問的色彩。

……我偶爾也是會有知道怎麼辦的時候。因此——

「不了，長門，不用告訴我答案。今天我可以自己想。」

「喔。」

長門淡然回答，用草履尖輕輕抹去像是已經寫在地上的三組數字。

過了幾天。

在這個想到寒假即將結束，又要每天爬山上我們可愛的學校，就覺得該開始做點暖身運動的日子裡，它來了。

我在房間打滾時，老妹又沒敲門就跑進來。

「有你的信喔，古泉寄的～」

然後用信封換走了翻肚躺床的三味線。

翻過來一看，有寄信人的名字。字跡方方正正，是出自古泉之手沒錯。

我隨手撕開信封，倒過來抖一抖，兩張照片溜了出來。雖然沒有其他信紙或小卡之類，但是已經足夠。

其中一張照片裡，我和古泉穿著租來的羽織袴，與穿振袖的春日、長門和朝比奈學姊一起各擺姿勢。

那天，春日在我們從租衣店前往下一座神社的路上發現一間老式照相館，便在他們的攝影棚拍了張合照。照片洗好以後先送到古泉那去，再轉寄到我這來。說到這照片嘛，自己來說是有點那個，不過這表情實在有蠢到，服裝也很不搭——呃，啊啊，對喔。

「『大家穿和服的樣子』啊……」

感嘆春日竟然記得達成鶴屋學姊的要求之餘，我拿起另一張照片。

構圖、光影和攝影技術都遠不及攝影棚裡拍的，就只是把手機拍的照片列印出來。而且顯然是偷拍，完全沒考慮角度和光源，一看就知道古泉是倉促之間按下快門。身為影中人之一的我說的準沒錯。

可是，第二張卻比第一張更引我注意。當時記憶全甦醒過來，讓我背脊發癢。

「這傢伙在我背上是這種表情啊？」

方框裁出的景象中，是背負重物腳步蹣跚的我，以及化為重物的春日。

說不定，這就是古泉給我的獎品。

七大不可思議延長賽

十分難得地，這天放學後的文藝社社團教室充斥著緊繃的氣氛。關上的窗隱隱透來棒球社雄壯的吆喝，管樂社差勁的長號練習，細微鳥鳴與春風擾動枝椏的聲響，房裡每個人在這一刻卻是完全沉默。

我和古泉隔著長桌彎腰對立，視線在桌上掃動。長門照舊坐在房間角落的鋼管椅上，盯著厚如事典的書看。而朝比奈學姊——

「…………」

她維持坐姿，慢慢伸出她優雅的右手，從擺在自己面前的牌堆抽一張起來，慢慢翻成正面，張開秀氣櫻唇唸出牌上文字。

「思君苦無期～～」

我和古泉稍微前傾，用力睜大雙眼。

「斷腸懸淚亦今宵，若能共長久～～」

朝比奈學姊在這裡稍停一拍，看看我和古泉。她雖是平時的女侍裝扮，但不管看幾次都能發現不同的嫵媚與嬌柔，只可惜我現在無力描述。

看到我和古泉都沒反應，文藝社社團教室專屬女侍用軟綿綿的聲音繼續說：

「願棄榮華赴難波～～」

我和古泉聽著那略為拉長的娃娃音，視線在桌面上忙碌地掃動。目標是幾十張牌當中的其中一張，嘴裡「願棄願棄願棄」唸個不停。但是在找出目標之前──

「捨死投海作澪標～～」

朝比奈學姊唸完最後一句而放鬆，將手上的牌放到桌上。

「呼。」

並捧起手邊的專屬茶杯啜一口煎茶。

而我和古泉仍在找尋下句的字牌。在長門一次細小的翻頁聲後──

「這裡。」

古泉點一下自己的字牌，拿了起來。

「這張對吧？」

顯得有點苦笑，八成是因為我們已經猜錯很多次。

「大概吧。」

我轉轉頭，紓解發硬的脖子。

「那繼續嘍。」

寂靜再次來訪，場面如重播般恢復原狀。

我和古泉凝視桌面，長門不發一語專心讀書，朝比奈學姊徐徐伸手取牌，吸口氣說：

「深秋稻岸處～～」

兩個男性都沒反應。

「夙夜孤守一陋……」

朝比奈學姊的語氣夾雜著疑惑。

「呃……淹？」

「庵。」

話音剛落，長門就立即低聲回答。

「夙夜孤守一陋庵～～……呃……苫？」

「苫。」長門說。

「苫頂疏且粗～～」

我和古泉依然是點點點。

「不堪……零露肆……釀？」

「瀼。」長門再答。

朝比奈學姊繼續說下去。

「不堪零露肆瀼瀼，滴我衣袖濕我衫～～」

我已經開始找「不」開頭的字牌，但最後仍是白忙一場。

「這邊。」

古泉又從自己的牌拿走一張。

當朝比奈學姊要挑戰下一張牌時，我趕緊伸手制止，並對古泉說：

「算了，再玩下去只是整自己。有夠麻煩。」

「說得也是。」

古泉也爽快同意。

「這真的太難了，還以為會再熱烈一點呢。」

他一指點著下巴，露出真正的苦笑。

我喀噠一聲坐回鋼管椅。

「以我們這種水準的氣質素養來挑戰競技歌牌，未免太對不起人家了。至少要先練練記憶力再來。」

古泉至今帶了很多桌遊或卡牌遊戲給我們玩，最近終於沒哏的樣子，居然是一副老舊的百人一首歌牌。雖然我們照樣試玩幾把，看它能不能殺時間，但結果如前所述，我和古泉都沒背幾首和歌，要等到學姊誦出下半才找得到牌，將外行 of the 外行的鳥樣發揮得淋漓盡致。

老實說，我不知為何只記得「春日無限好，柔暉淡映寄閒情，逍遙趁今朝，爾獨櫻花心難靜，來去匆匆四凋零」而古泉不知為何也是一樣，從我面前搶走這個覺得唯一抓得到而緊盯已久的獵物，讓我愈玩愈沒勁。儘管朝比奈學姊唸錯很可愛，還能溫暖我的心，但那對推進遊戲一點幫助也沒有。也就是吟詩者與搶牌者都不知道在搞什麼，再這樣下去藤原定家會氣到彈出來。

既然要玩，不如就玩筒井康隆的《裏小倉》版吧（註：惡搞版的百人一首）。這樣一定比較好玩，還能 high 到捧腹大笑。強烈推薦給沒聽過的人，保證爆笑。從社團教室書櫃上有本他的《Bubbling 創世紀》來看，相信長門也會同意，但應該看不到她笑就是了。

古泉把玩了幾下手中的牌，嘆著氣擺在桌上，開始回收滿桌字牌。

動作有些不捨，引起我一點點疑心。然而我靈光一閃，開始挖掘這一年來的記憶，發現我不管玩什麼遊戲都不曾輸給他。

如果剛才的歌牌繼續下去，很可能會是古泉獲勝。

換言之，我們在這間社團教室玩遊戲雖是為了殺時間，實際上仍是幾家歡樂幾家愁的勝負競賽，而我說不定會嚐到對戰古泉的首敗。

我品味著朝比奈學姊謹製的茶，窺探古泉的表情。而這位隸屬ＳＯＳ團的前神祕轉學生又搖身變回平時的奶油小生，笑咪咪地收牌說：

「現在怎麼辦呢，既然還有時間，來玩抽光頭怎麼樣？這樣朝比奈學姊也能一起玩。長門同學，要玩嗎？」

「不用。」長門即刻回答，純動手指翻開下一頁。

朝比奈學姊將畫牌堆交給古泉之餘問道：

「那是什麼遊戲啊……抽光頭？光頭……沒有頭髮？……啊，和尚！僧侶的意思吧？」

她十足像個時間性異鄉人，以有點歪的方向理解遊戲目的，樂得滿面生輝。

「這個遊戲的規則有很多版本，我們就玩最普遍的吧。」

古泉講解規則時，我往空著的團長席看去。

放學鐘一響，團長涼宮春日就把書包塞給我，像隻棲息於南洋的鮮豔大鳥般叫一聲：「你先過去！」然後一陣旋風似的從教室消失了。

我並不是很在意她在哪裡做些什麼，因為我心知肚明，再怎麼為她操心都是白費力氣。既然在出事前胡思亂想都只是徒勞，那就等出事以後再一起勞累就好，況且還有「什麼都不會發生」這種萬一嘛。嗯，難得我也會放這麼好聽的屁。

古泉洗牌的手不慎一滑，掉出一張牌溜過桌面來到我面前。很幸運地，是張公主牌。

有聞香具山，每逢夏暑下來時，滿麓曬白裳，爾今驀然忽望見，才知好春已遠逝。

櫻花早已化作一片綠，融入山景之中。覺得風裡仍有幾分寒意，離夏天還遠得很，是因為這裡就像位在登山步道中段一樣吧。

在這個升上高二已經兩個月，五月也向末盤作最後衝刺的日子裡，不管怎麼說，ＳＯＳ團仍正常運作。

我、古泉和朝比奈學姊沒有枯等春日，為純粹比運氣的抽光頭一悲一喜。

遊戲剛開始不久，還是三人都還沒抽到光頭，且手上都仍有幾張牌的準備階段。當這場比誰會是最後的幸運兒，算是完全看卡牌順序的無腦競賽就要開始熱起來時——

咚。

社團教室門口傳來聲響。

「啊嗚！」

朝比奈學姊嚇了一跳，往門看去。

不像是敲門，而是用肩膀撞門那麼沉。

叩、叩。

這次聲音是來自底下。不知門外是何人，總之可能是個習慣先撞再用腳尖敲的怪咖，而這個人找ＳＯＳ團有事。這種奇葩可不多見。

若不是隔隔壁電研社來向長門請教程式問題，就是繼喜綠學姊和阪中之後的煩惱諮詢者第三號，或是古泉的組織同夥學生會長來找好比製造不在場證明的碴。鶴屋學姊根本就不會敲門，來得比春日還要堂皇。

叩叩叩。

猜想到一半，鞋尖敲門者像是不耐煩了，節奏快了起來。

「啊，來了～」

朝比奈學姊急忙起身，舞弄圍裙洋裝裙襬前去開門，而門後那人是——

「嗨～小春在嗎？」

一見到爽朗問話的那人，敲門方式不自然的謎就解開了。她在身前抱了好幾本書和紙疊，沒手敲門。可是這樣就用踢的也不好吧。

「可以進去嗎？」

說話之餘，她盯著女侍裝的學姊上下打量。

「嗯哼～？」

聲音像是赤腳踩到被衝上沙灘的水母一樣。

「這我是聽說過啦……其實不可思議事件其中一項就在此處吧？」

還說出匪夷所思的話。

朝比奈學姊即使集訪客滿懷好奇心，像開了眼界的視線於一身，也不甘示弱地對她問話。還是有點抖就是了。

「那個，請問有什麼需要？」

啊，很像真的女侍耶。讚喔。

「我把你們老大託我弄的東西帶來了。呃，可能也沒有拜託我啦，總之我拿來了。因為我是好人嘛。」

她抱著那堆東西走進社團教室，依序掃視長門、古泉和我。

「好～阿鏘，快點把資料拿去，我的雙手在呼喚自由了。」

誰是阿鏘。

「我不喜歡阿虛這種難叫的綽號。」

我也深有同感，但阿鏘一樣爛啊。

長門和古泉都沒動作，我只好起來接下堆得高高的資料。很有分量，有夠重。

「那個……」朝比奈學姊含蓄地舉起一手。

「這位到底是……？」

「喔，我們班的啦。」我回答：「她跟我和春日一樣，都是二年五班。」

我不經意注意到古泉也盯著她看。

「所以春日找妳做什麼？」

將這疊書籍和影印紙小心放在桌上後，我見到最上面的書名叫《古今怪談集》，下面是《古今著聞集》和《學校怪談》，童書嗎。其他書名看起來也都是這路子的。這次春日想玩這套啊？

「今天午休時。」訪客依然挺立桌前。「我們碰巧在廁所門口相遇，然後她問我——」

什麼？

「知不知道這個學校的七大不可思議。」

問妳這個做什麼？

「我也不知道，不過那多半是因為我是推理研究社的吧。」

對喔，新學期前幾堂課上的自我介紹時，她有說過這件事。可是學校的七大不可思議跟妳的社團活動有什麼關係？

「她當時是這樣說的啦。」

她大概是想模仿春日的聲音吧。

「這間高中沒有七大不可思議嗎？我覺得妳大概不知道啦，可是推研社會有些代代流傳的傳說吧？——就這樣。」

還真的有點像，可惡。

「她真的說七大不可思議？不是七福神吧？」

「我確定不是七福神。」她一本正經地說：「雖然北高七大不可思議這個詞本身很莫名其妙，但我現在有點頭緒了。依我看，春日是想找怪談，她大概是把 mystery 當作是 occultism 的同義詞了吧？」

應該不會吧。剛入學那時，她將社團逛過一圈以後，還氣沖沖地抱怨推研社怎麼連一樁堪稱案件的案件都沒遇過呢。

「喔喔，學長也有講過這件事耶。」

與我同班的推研社員略為誇張地搖搖頭。

「推研社每年夏冬兩季都會辦合宿，我沒參加過就是了。可是北高推研社歷年來，從來沒有一次遇過在合宿的島上遭遇暴風雨、在滑雪場別墅被大雪困住之類的事，我也深感遺憾。」

眼角餘光處，能看到古泉攤手聳肩。這兩件事我們都遇過了，夏天倒還好，冬天實在不太好玩。是吧，長門。我往她一瞄，竟發現這個對森羅萬象都漠不關心的人形介面居然中斷她最愛的閱讀，用電波天體般的眼眸注視不請自來的推研社員。

「好啦，言歸正傳。」我說：「謝謝妳介紹推研社的活動，那麼妳是怎麼回答春日的？」

推研社員不假思索地答道：

「我專程跑到三年級社長的教室，問他這間高中有沒有七個這種 folklore 流傳下來，結果沒有。然後我就空著手回去跟春日報告，她只說一聲『是喔』就走掉了。」

也就是北高沒有自產的七大不可思議？那事情到這裡不就結束了，怎麼會變成妳抱一堆怪談的書到我們這裡來？

「這個嘛，我也有點搞不懂。」

頭開始痛了。

「這些東西是學長他們叫我拿來的，所以我就過來了。很辛苦的呢。」

這些學長也真夠照顧學妹。

「既然她想找七大不可思議，我們就幫她找啦，這就是她用得到的參考文獻。有推研社藏書的一部分，還有網路上印下來的資料。」

讓你們這麼費心，實在很對不起。可是不好意思，能請妳在春日看見之前趕快全部拿回去嗎？

「為什麼，我是拿來給小春看的耶？還是阿鍵，你想說這些幫不上忙嗎？」

我們也是有我們的苦衷啦，你們推研社是不會懂的。

她抱著胸看著我，眼裡的火氣讓我有點退縮。

「對了，你要叫我『推研社員』或『她』到什麼時候？你應該知道我的名字吧？」

她跟我一年級就認識的國木田和谷口他們不同，二年級才成為同學。短短不到兩個月的時間，實在不夠我記。

「啊？」

顯然是不相信我，該怎麼圓呢。

「妳不是這個年度才轉來的嗎？」

「沒錯。」

而且姓還那麼長，說快一點搞不好會咬到舌頭，更難記了。

「那就用名字當綽號啊，大家都這樣。」

不要，我更不想這樣。

「你很莫名其妙耶。」

她不敢置信地搖搖頭。

「那不重要啦。」我抓緊機會說：「妳要在這裡待到什麼時候，事情辦完就快點回去吧。啊，這些七大不可思議的資料，我代春日跟妳道謝，3Q。再見。」

即使我都揮手說拜拜了，我班上的推研社員仍像隻腳被爬牆虎絆住的紅鶴動也不動。該不會是想待到我叫她名字為止吧。

「不是，我還有另一件事。」

這次她整個人轉向坐在房間角落的長門。

「我肩負著請求文藝社社長協助的任務。」

長門以筆直的視線仰望推研社派來的殺手。太驚人了，長門很少會為了聽訪客說話而停止看書。

「我們看過你們做的社刊了。」

她突然使出一招殺手鐧。

「………………」

長門緩緩閉合攤在腿上的書，我隨之瞥見書名。《圖像・紋章事典》。正覺得那書怎麼跟字典一樣厚，結果還真的是那種書。

等等，該驚訝的不在這裡。

長門現在不只是停下來聽人說話，甚至還把書給闔上了，這才是真正值得驚訝的事啊。朝比奈學姊的注意力都被推研社員引走沒注意到，但古泉看長門的眼光，簡直是以肉眼辨識出仙女座星系中天琴座RR型變星的天文學家。

然而推研社員沒注意到這個宇宙級奇蹟，直問：

「老實說，我對這本社刊的了解並不足以判斷它的好壞。」

說得好，大概是對的。

「可是推研社的學長說，先把作品集的優劣放一邊，能夠發行社刊本身，就是一件很棒的事。」

所以找文藝社社長長門做什麼？

「推研社也有製作社刊的計畫，所以想向長門同學妳邀稿。拜託妳了。」

她彬彬有禮地鞠躬。

「我很喜歡妳寫的幻想風又有點詩意的文章，其他社員也有同樣看法。看得出妳文藝社社長的頭銜不是擺好看也不是鬧著玩的。」

既然是邀稿就不要順便來，應該要正式一點吧。社刊已經出好一陣子了，這段時間你們家社長都在幹什麼？

「社長說他有趁社長會議時問過她。」

是喔。

「結果被無視了。」

嗯，也對啦。

「怎麼樣？」推研社員加緊追問。「還沒決定什麼時候要出，只是想說最好能在校慶上推出而已。」

校慶在秋天，還久得很嘛。

「什麼樣的作品都可以，希望妳能不吝獻筆——喔不，獻作才對。可以嗎？」

長門的頭慢慢地水平轉動，往我看來。

「…………」

然後大約花三秒往下轉兩公分，再花三秒抬兩公分。

表情不安的推研社員湊到我耳邊問：

「喂，阿鏘。我可以把她那個動作當成同意的 evidence 嗎？」

可以，我替妳保證。

「謝謝妳，長門同學！」

推研社員忽然跳起來，以瞬間移動般的速度抓住長門的手上下擺動。

電研社也是這樣，說不定長門在校內到處都有祕密崇拜者呢。無論如何，讓文藝社的座敷童子多幾個朋友絕不是壞事。說不定推研社派人來其實是為了拜託長門，幫春日找七大不可思議只是藉口。若真是如此，他們那也有個不錯的策士嘛。

獲得長門許諾的推研社員終於有多餘心力參觀，樂悠悠地背著手左右觀賞起文藝社的書櫃，踏上逛書背之旅。

「你們的品味不錯嘛。有很多 fantastic 的推理小說呢，太 amazing 了，呵呵呵。嗯？嗯！」

她忽而一僵，隨即以迅雷不及掩耳之勢抽出一本書，快速翻動。

「喔喔，居然是……Thomas Pynchon 的《Gravity's Rainbow》Viking Press 版精裝本！而且是73年初版？」

她將那本外文書獻給上天似的高高舉起。
「長門同學，這本書可以借我嗎？」
我完全不曉得那本老舊的外文書哪裡貴重，只知道長門又默默地——
「…………」
花了約六秒來點頭。
「喂，阿鏘，她的意思是——」
「可以啦。」
「謝謝妳，長門同學！」
推研社員在一旁長桌輕輕放下那本書，又猛一蹦到長門面前抓手猛搖。若不是長門坐著，我看她會整個抱下去。
「等我看到滾瓜爛熟以後一定會還妳。給阿鏘就好了嗎？」
少來，妳自己還給長門。
「我一定會親自還給妳的。」
深深頷首後，她恭恭敬敬地側抱長門借她的書。
「那我這就告辭了，請收下我 great 的感謝。」
她貓科動物似的柔軟一鞠躬，踏著飛揚的腳步離開社團教室。

只在空中留下豔麗金髮的殘像。

「呼。」

沒想到會站著講那麼久的話。

同樣站到現在的朝比奈學姊這才回神。

「啊，應該要給她一杯茶的……」

畢竟沒人想到她會待這麼久，態度還有點強勢嘛。沒人有插話的餘地吧。

被塞了這麼多怪談資料是要怎麼辦，在春日來之前找地方藏起來好了。

當我從團長桌四處查看哪裡會是隱蔽死角時，視線撞上古泉莫名憂慮的臉。怎麼了，上個月來到我們班的交換留學生這麼讓人在意嗎？

「在意是會在意啦。」

所以你是不高興她沒提到你寫在社刊上的貓貓文嗎。

「這……算了，不提也罷。」

古泉以視線指示推研社員留下的大禮。

「說起來，校園七大不可思議重要多了。」

嗯哼？

也許是不太喜歡我的反應，他探身過來說：

「看樣子，涼宮同學正在查這所學校有沒有七大不可思議的傳說。我想事情就像剛才那位同學說的那樣，並沒有那種傳說。那麼事情就簡單了，你可以預測一下涼宮同學會怎麼想。」

……那傢伙的座右銘是「沒有就自己做」呢。

「事情當然會變成這樣，而結果也是明擺著的。涼宮同學肯定會想創造這所學校的七大不可思議，然後用她無與倫比的想像力，想出一堆奇葩到不行，充滿超自然嫌疑的現象。」

古泉擺出投降的姿勢。

「然後說不定那其中幾個，喔不，是七個都會化成現實。」

我喝光杯裡剩下的煎茶。

實現願望的能力。對喔，春日有這種設定呢。

我SOS團團長至今仍未現身，該慶幸她沒有和那個怪怪的推研社女生在這遇上嗎。

「是啊，這替我們爭取了一點時間。」

看古泉說得很得意，我問：

「什麼時間？」

「當然是構想北高七大不可思議的時間。在涼宮同學編造出七個怪異現象，將北高化為混沌的熔爐前，我們非得想點對策防範未然不可。」

就不能裝死嗎。

「如果只是秋天開櫻花，還能推託給近幾年全球氣候不穩定，要是生物學家發現神社的鴿子全變成早已滅絕的旅鴿，事情就大條了。相同的道理。」

和拍電影那時一樣的狀況嗎。

於是我們四名團員立刻召開緊急會議。沒有春日的ＳＯＳ團全體會議是第幾次啦，在社團教室好像是第一次。

在朝比奈學姊替大家重新泡茶時，我恭請駐點在房間角落的長門來到長桌。長門從推研社員帶來的資料中拿起恐怖童話故事，靜靜地讀起來。

話說回來，推研社的藏書怎麼有這麼多怪談和故事書？難道有愛好恐怖小說的間諜混進去了嗎。

「恐怖和懸疑推理其實有點一體兩面的感覺。」

古泉邊查看不速之客帶來的書籍與文件邊說：

「假如幽靈真的是幽靈，那就是恐怖故事，若只是看錯乾枯的狗尾草或柳樹，就只是謠言而已。將如此帶有恐怖成分的現象套進現實常識，用邏輯去分析的過程，即是本格推理小說特有的架構。例如狄克森·卡爾就是以巧妙運用這種風格而聞名。」

這種話怎麼不趁她還在的時候說，她搞不好會有很多感慨想分享喔。

「我覺得會聊很久的懸疑小說，所以忍住了。」

一直聽她用那種語調說話，恐怕會變成「頭痛很痛」狀態。

「請用。」

朝比奈學姊將托盤上的茶杯一一置於我們面前，坐回自己的位置，古泉點個頭向女侍小姐致謝，接著說：

「去年拍電影時我也說過了，主要就是準備一個不會引起世界觀變革的說法即可。」

所以具體上要怎麼做？再跟我說一次。

「你同學拿來的參考資料裡正好有個不錯的範例，我們就拿它作參考吧。」

古泉抽出一本推研社員留下的書，是名叫《古今著聞集》的精裝書。

「這是編纂於鎌倉時代的民間故事，記錄了筆者橘成季所聽聞的大量故事，是幫助學者了解當代習俗與背景的重要文獻之一。」

古文並不是我的拿手科目。

「這本書裡有一篇非常有名，《今昔物語集》也有編進來，而這一篇正好就是同時有恐怖和懸疑的氣氛。故事是描寫一樁獵奇的兇殺案，而犯人據稱是鬼。應該是這樣沒錯吧。」

古泉喃喃地花了點時間尋找目標頁面，大功告成似的翻開。

「就是這篇。標題是〈仁和三年八月，武德殿東，松原有變化者出〉。」

我只想得到仁和寺的和尚。

「筆者說，這是發生於西元八七七年九月上旬夜裡的故事。有三名女官走在夜路上，一名站在松樹下的英俊小生趁她們經過時牽起其中一人的手，把她拉到樹後面去。」

平安時代也有這麼硬來的把妹法喔。

「這個男子和女官聊了很久，後來聲音沒了，其他兩人覺得奇怪而繞過去查看，赫然發現那裡只剩女人的手腳掉在地上。」

分屍案嗎。

「兩名女官嚇得立刻跑去崗哨找衛兵，衛兵聽了事情經過以後趕往現場，還真的只找到手腳，頭部軀幹不翼而飛，當然男子也不在了。」

拿走屍體的一部分，應該說大部分，的確堪稱獵奇。那這個男的——

「對，就如同『鬼所為也』所述，當時的人認為肯定是鬼變成人形，才可能讓人死得這麼悽慘。」

後來呢？

「事件就記錄到這裡為止，後面是別的故事了。據說當年八、九月京城地震頻仍，還有飛蟻和鷺大舉過境，發生很多異變呢。」

古泉說得很輕鬆，當時的京都人恐怕是累慘了。那年代可沒有殺蟲劑和捕鳥網，只有地震或許跟今天差不多。可是仔細想想，這些都跟兇殺案無關吧。

古泉繼續鼓動口舌：

「結論大致分為兩類。一個是兇手真的是鬼，這樣就沒什麼好說的了。平安時代的確有吃人鬼這種非人物種存在，是個異形怪物囂張跋扈的世界呢。」

你那是遊戲裡的平安時代吧。

「第二，如果犯人不是鬼而單純是人類的話，就有幾種分歧了。一個是當時京城本來就潛藏著這個會將女性分屍，只帶走頭和軀幹的獵奇殺人魔。」

可是能夠神速殺人＋毀損屍體＋帶走頭部與軀幹逃亡＋犯案後沒有目擊證詞的人，我看也不是人了吧。

「另外一種解釋就是，犯人其實就是這兩個倖存的女官。她們為某種原因共謀殺害被害者，卻在頭部和軀幹留下了她們是兇手的證據。例如女性力氣小，傷口太多之類的。於是犯人只好切除屍體手腳，找地方丟棄頭部和軀幹再去報案。」

古泉忽而微笑。

「證詞太過逾越常理，現場又更誇張，一口論定是鬼之所為也是無可厚非。畢竟再怎麼說，人根本不可能短時間做到那種事，就跟你想的一樣。」

搞不好是整個拿去燉湯了。

「總之，這個結論的確是能夠消除其中的矛盾。」

古泉捧起寫有自己名字的茶杯。

「這個推理最大的優點，是否決了獵奇殺人犯，尤其是鬼的存在。宣告這個世界並不奇幻，純粹只是我們所知的這個現實。」

他接著啜飲一口熱騰騰的綠茶。

「我再介紹一篇這本書裡跟鬼有關的故事吧。」

古泉說得很來勁，又開始辛苦地從目錄開始人工搜尋目標頁面。

「啊，找到了。〈承安元年七月，有鬼船至伊豆國奧島〉，內容就跟標題一樣。」

還要說下去啊，我古文很弱耶，拜託饒了我好嗎。這傢伙該不會是想藉七大不可思議抒發沒能和人家聊推理小說的鬱悶吧。

「這篇跟之前那個獵奇兇殺案不同的是，它不是猜測男子的真實身分是鬼，而是一開始就寫明是鬼。」

朝比奈學姊聽得津津有味。不管從哪個角度看都是那麼優雅，簡直是出席世界侍者研討會的日本女侍界代表。

長門有沒有在聽，我看不太出來，只發現渾身肅靜之氣的她已經看到那部恐怖童話第二集了。她很中意嗎。

古泉打個預防針，說他挑重點邊譯邊唸，請多包涵後開始講古：

「西元一一七一年八月，一艘船漂流到伊豆某座島上。島民以為是有船遇難而過去幫忙時，見到八個鬼上岸來了。島民們拿酒食給他們，他們吃喝的樣子簡直像馬一樣。可是『鬼終無一言』，鬼一句話也沒說過的樣子。關於鬼的外型呢，是身高八、九尺，髮如夜叉，皮膚赤黑有刺青，眼圓如猿猴。全身只有在腰部圍著像草裙的東西，其餘赤裸，手拿長六、七尺的木杖。」

感覺這些島民不太怕鬼耶。

「後來鬼想要島民的弓箭，島民不給，鬼就大吼大叫起來，開始攻擊島民。使得島民有五人喪命，四人重傷。島民見到鬼的腋下會冒火，拿來神靈的弓箭應戰，結果鬼已經返回海上乘船遠去了。當時有鬼遺落的一條布帶，現收藏於蓮華王院──說三十三間堂比較多人知道吧，收在那的寶庫裡。」

聽起來實在不太像鬼，那東西外觀上大概像草裙吧。

「就是說啊。看來這是實際發生過的事，當時是寫在伊豆國司上報朝廷的報告書，被九條兼實記在日記裡。兼實猜想漂流到島上的人可能是蠻夷一類的外國人。」

事實就是這樣吧？沒有提到他們長尖角尖牙，如果真的是鬼，一開始島民就嚇得不敢接近了，還拿酒請他們喝咧。

「是啊，一般會認為是因為颱風之類而漂流過來的外國船隻吧。『飲啖急如馬』這句，可以合理推測他們漂流了很多天，已經餓壞的緣故。後來與島民發生械鬥，當然也是因為他們不懂日語，顯然是外國人與日本人之間的溝通問題所導致。」

那腋下噴火是怎樣？

「從對於鬼長相的描述來看，頗有玻里尼西亞原住民的感覺，說不定那是在描寫他們跳火舞用的火把。」

古泉開玩笑似的說：

「這個故事跟剛才的分屍殺人不同，如果不是以鬼作主詞，其實根本就沒什麼好奇怪的。畢竟從頭到尾都有目擊者，做的事也都在理解範圍內嘛。就只是偶然搭船來的外國人因為一點小事而與當地居民大動干戈，最後知道待不下去而乘船離去而已。」

所以以前的人也沒有天真到人家說有鬼出現就照單全收呢。

「依我看，這種事直到今天其實也沒有多大變化呢。」

古泉又繼續翻閱著聞集。

「最有意思的，是作者題名為『變化』的第二十七篇開頭。他說『千變萬化未始有極。自古眩惑人心，難以取信也』。變化指的就是鬼這些怪物，作者認為怪物會變化成各種模樣騙人，但他很難相信這樣的妖異之徒是真的存在，並刻意寫下來。連八百年前的人都會懷疑了，活在遙遠未來的我們會比他更有優勢才對。」

我是不知道算不算千變萬化啦，但能夠變成光球的你說這種話沒什麼說服力喔。

見到古泉闔上精裝書置於桌面，我猜想話已經告一段落，便從他這些又臭又長的陳年軼事裡簡潔地總結出他真正想說的話。

「所以照你的意思，不管春日講出怎樣的七大不可思議，只要堅稱那是看錯、未證實的流言或是胡扯，七大不可思議就不再是七大不可思議了嗎？」

「簡單來說就是這樣。」

例如即使學校泳池在大半夜出現薄板龍，伸出牠長長的脖子發出擾鄰的吼叫，還有眾多附近居民目擊，當作他們全看錯就沒事了嗎？

「如果有這個必要。」古泉篤定地說：「我會否認到底。」

就算有人拍照錄影，把整段畫面發到網路上也一樣？

「影像檔是很容易加工的東西，我會說那是做得很好的ＣＧ影片。」

你變得很會唬爛了嘛，有逐漸被春日的思想侵蝕的感覺喔。

我像太陽能玩具那樣晃晃腦袋說：

「可是我不覺得春日吞得下去耶。」

「是嗎？」

搞不好還會逼她弄出發生毫無看錯餘地，任誰都會認為真的出現天變地異這般規模巨大，質感又真實到無法開脫的宇宙霹靂無敵不可思議事件。

「這樣就糟糕了。」

與其在神祕現象發生以後用現實角度去說服春日，我們還是想想怎麼讓它不要發生吧。

古泉讚嘆似的「喔？」了一聲。

「能這樣當然是最好。那該怎麼做呢？」

換個角度想，我們不要被動地處理春日說的事，主動來製造七大不可思議就行了。主張北高其實有七大不可思議，而這就是那七個這樣封住春日的嘴比較好。

「涼宮同學不買帳怎麼辦？」

到那一步也只能賭了。不過我有預感，她不會嫌棄我們為她精心打造的七大不可思議。

「你是要賭這個可能嗎。」

古泉讓《古今著聞集》壓著的影印紙疊從精裝書的重量下解脫，交到我手上。

「你班上那位推研社的留學高材生拿來的資料，或許能派上用場。」

這十幾張不知從哪個網站一頁一頁彩色列印出來的資料，全是一則則的校園怪談。感謝妳，我會拿來參考的。

「可是話說回來……」

我們在這裡開反春日研討會沒問題嗎？她搞不好下一秒就衝進來了耶。

古泉往自己手機迅速瞥一眼。

「敬請放心。涼宮同學的所在地和周邊狀況，我們都掌握得一清二楚，她短時間內應該不會出現在社團教室裡才對。」

你們是給春日裝了GPS追蹤器嗎？

「這個嘛，我們『機關』是涼宮同學的專家，這類工夫是少不了的。當然，我們不會用那麼單純的做法。」

這種事不該說得這麼驕傲吧。

「而且『機關』在學校裡的外部援手並不只是學生會長一個。要是事態真的嚴重，也可能強行阻止。當然，會使用和平的手段。」

知道啦，你跟那些數不清的紅色光球就像是春日的安神劑嘛。都什麼時候了，我才不會懷疑你說的話。

我將影印紙疊輕輕拋到桌面上。

「那麼，北高七大不可思議策劃會議正式開始嘍。」

「好～」

只有朝比奈學姊一個啪啪啪地拍手。不愧是我SOS團引以為傲的招牌女郎兼社團教室專屬女侍兼我專用的治療系，心靈受到了一些些的潤澤。

「對了，請問一下……」

朝比奈學姊看看我和古泉後問：

「那個，七大不可思議是恐怖的東西嗎？」

從我們的文脈還能聽出其他可能嗎？

「因為你們都說七大不可思議，我一直以為是過去地球上曾經出現過的遺跡。」

那妳覺得古泉剛講了那麼多的古是在講什麼？

「是古代京都的故事沒錯吧？我記得京都從當時到現在一直都是認定為遺跡的古都……」

原來未來人對京都的認識是這樣的啊。

那第二則故事呢？

「我以為是在講鬼島……」

先不論京都和鬼島，單純說七大不可思議，難道世界性的七大不可思議才是主流嗎。像羅德島青銅巨人像或巴比倫空中花園這種七大奇蹟。推研社員都來了一段那麼精彩的聲帶模仿秀，不太可能聽錯，要的應該是校園七大不可思議沒錯。可是春日這個人也不好捉摸，臨時飛升成七大

奇蹟也不是不可能。

「如果變成這樣，今年的夏季合宿八成是出國旅行呢。」

古泉望向虛空的眼，盪漾著計算到底得花多少旅費的色彩。

七大奇蹟現存的應該只有金字塔了，所以春日搞不好會想去挖掘其他六個的遺跡，而且很有可能真的會被她挖到。不知道她對未來有何規劃，其實考古學家才是她的天職吧。

「我是不太推薦。」

為什麼？

「你想想看。要是春日在吉薩郊外隨手撿來的石頭上，用古埃及象形文字刻了建造金字塔的真正理由會怎麼樣？」

不就是世紀性的大發現嗎，人類該慶祝吧。

「如果不是人類會高興的內容，會怎麼樣呢？」

會怎樣？

「我也不知道。總之為以防萬一，我們也要想想這方面的對策。現在先處理校園七大不可思議的部分吧。」

古泉切入正題。

「聽到校園怪談，你最先想到的是什麼？」

幾乎想都不用想。

「二宮金次郎像吧。」

我拿起推研社員的資料掃視一下。

「她弄來的資料裡，這在每間學校不是第一就是第二條，根本是必備中的必備。」

聽說工作返家路上也不忘讀書的金次郎最近也不敵時間的摧殘，開始坐下讀書了。言歸正傳，這裡冒出了一個問題。

「我們北高有他的銅像嗎？」

「就我所知，並沒有。」

「那直接把金次郎像之謎砍掉不就好了？」

「可是涼宮同學很可能也會像你一樣，認為二宮金次郎像是七大不可思議中不可或缺的一項。」

結果會怎樣？

「假如涼宮同學強烈認定七大不可思議非要包含二宮金次郎像不可，那麼這座雕像就會出現在北高某處。而且是歷經風霜，彷彿創校之初就已存在，渾身散發歷史氣息那種。」

要生就生些設備吧，例如每間教室一台冷氣這樣。

「你覺得涼宮同學會讓二宮金次郎像發生什麼靈異現象？」

我想了想後說：

「用超人姿勢每天晚上飛來飛去，還說什麼一直保持同一個姿勢很累，要改善缺乏運動什麼的。」

「涼宮同學的確會有這種跳躍性的發想呢，果然厲害。」

我不覺得你在誇我。

「就把起點設為飛天金次郎好了，那麼接下來的重點，就是怎麼替這個怪談增添細節。比較普遍的是眼睛會發光、轉動方向、揮手、書愈讀愈薄、背上的柴每天不一樣多等等。」

怪談中的二宮尊德還滿普通的嘛。

「全都是能用一句看錯打死的程度呢。就從這些來挑吧？」

古泉抽一張新的Ａ４影印紙出來，用難以稱之為美觀的字跡作筆記。話說ＳＯＳ團書記是誰啊，我記得這傢伙應該是副團長。

我搖搖頭說：

「太平凡的，春日不會接受吧，需要再下點工夫。朝比奈學姊，妳會希望二宮金次郎做什麼事？」

女侍裝扮的未來人眨眨水靈靈的大眼睛。

「那個人是銅像吧？會動嗎？裡面有什麼機關呀？」

沒有啦，就是因為單純的銅像還會動才不可思議嘛。

「啊～這樣啊。可是，那一定要青銅才行嗎？在可塑金屬裡面裝驅動器就可以動了呀。」

那樣就變成一種機器人了吧。在我思考該如何對學姊解釋時，古泉彈指說道：

「那也是一種方法。」

如果金次郎像其實是機關人偶，會動也不奇怪的意思嗎。

「不，不是那邊，而是材質的部分。青銅是銅與錫的合金，而一般的比例是……」

「銅85％、錫5％、鋅5％、鉛5％。」

回答的是目不轉睛閱讀童書的長門。還是有在聽嘛。

「如果這個比率每年會變一次怎麼樣？比如說銅85％、錫4．9％、鋅4．9％、鉛5．2％。這樣外觀上幾乎不會有變化，可是光是成分會變這點就夠不可思議了。」

有點弱耶。我再度思索。

「銅84％、錫4．5％、鋅4．5％、鉛4．5％、奧利哈鋼2．5％怎麼樣。」

「原來如此。不過虛構金屬的比例會不會太高了點？改成銅85、錫5、鋅5、鉛4、奧利哈鋼1怎麼樣？」

我們現在是要論斤計價嗎？計較這個。

「得出一個很妥當的結果了呢。」古泉顯得很滿意。「這樣的話，就算化為現實也沒有什麼害處。」

奧利哈鋼這種未知金屬有個1%混進去就足以驚天動地了吧。希望只是我想太多。

「七大不可思議的第一項就這樣吧。」

古泉的筆記寫的是：

『二宮金次郎像的異變：每到滿月之夜的丑時三刻，雕像成分就會從銅85%（囉唆死了，省略）變成（同樣省略）奧利哈鋼1%，並於日出時還原。』

他是覺得丑時三刻比較有氣氛才加進去的吧。我當然對這點小聰明沒意見。

好，換下一個。

「再來的同樣也是大宗，關於音樂教室的怪談。」

深夜，理應空無一人的音樂教室裡傳來鋼琴聲——任誰都會聯想到這種怪誕現象。

「以正常推理來說，基本上就是有人把手機或錄音機遺留在教室裡，後來鬧鐘或電話鈴聲響了吧。」

這樣就太沒意思了。

「鋼琴沒人在也會自己彈的話……」朝比奈學姊說：「也可能是自動鋼琴？」

是有可能啦，但縣立高中的音樂教室應該不會有那麼高級的設備。

學姊小鳥似的歪起頭，像在裝傻地說：

「對了，是什麼曲子呀？」

應該也不是什麼都好吧。有怪談氣氛的比較好嗎？我只想得到舒伯特的《魔王》或莫札特的《安魂曲》。

「啊。」古泉彈響手指。「我知道一首正好適合的曲子。」

喔？說來聽聽。

「4分33秒。」

這樣是長還是短？

「不，我不是說演奏長度，曲名就是這樣。」

也太直接了吧。上網應該查得到，來聽聽看是什麼樣好了。正當我想啟動之前跟電研社玩遊戲贏來的筆電時——

「這就不需要了，你查了也聽不到。」

古泉微笑著說：

「這是一首要演奏者坐在鋼琴前4分33秒，在這期間什麼也不做的曲子，應該說是一種行為藝術。」

那就不是直接，而是前衛吧。

「是啊。人們對它究竟算不算樂曲贊否兩極，也引來很多猜測。沒有其他曲子比它更適合用在與音樂教室相關的怪談上了。」

既然是沒音樂的曲子，就算有幽靈坐在鋼琴前彈奏，也不會有任何人聽見。是個人畜無害的幽靈呢，甚至有點淒涼。

「朝比奈學姊。」我隨想而問：「在未來，有查明幽靈是什麼了嗎？」

學姊愣了一下，不久輕啟她鮮嫩欲滴的唇，經過幾秒後說：

「這是禁止事項喔，呵呵。」

妳在高興什麼啊？

「不能把重要的事說出來，我也很遺憾，可是這種YES或NO都無所謂的事，就算不說也沒什麼差別。所以我可以抬頭挺胸地說，這是禁止事項。」

幽靈存不存在都無所謂的說法，似乎讓我窺見了一咪咪答案，而這個挺直了腰，強調起上半身曲線的撩人女侍，使我很紳士地移開了視線，見到古泉聳動肩膀。

話說這傢伙一直把靈異現象往懸疑推理的方向帶。有阻止春日這麼一個堂皇的理由在還這樣，他該不會是怕幽靈妖怪這些怪談，才這麼急著想讓說不定會被春日具現化的七大不可思議哏變得一點也不可怕吧？

古泉舞動自動筆，寫下筆記第二樂章。

『音樂教室之謎：每到新月之夜的丑時三刻，空無一人的音樂教室便會奏起約翰・凱吉的鋼琴曲《4分33秒》。該教室在當時是上鎖的完全密室，沒有任何人進出。』

「不需要設定成密室吧。」

「是為了增添氣氛。」古泉答道。

「那接下來……這個怎麼樣，學校裡某段樓梯會不知不覺多一階或少一階這種樓梯型的怪談。」

這也很常見呢。而且怪談發音跟樓梯一樣（註：兩者的日文發音都是kaidan），樓梯怪談是大家都會想到的哏。

「這個嘛……」

我轉動腦筋，思索春日會怎麼玩樓梯。就在我有答案的同時，古泉先開口了。

「全校的樓梯都變成電扶梯怎麼樣？」

就說不要改那種有的沒的，先每間教室一台冷氣再說。建設當初把錢省在牆壁厚度上，搞得夏熱冬冷，跟露天上課沒兩樣。電扶梯等這個改善以後再裝啦。

「我們是在想怪談，不是怎麼加強學校設備喔。」

不如趁現在順便討論怎麼利用春日阿里不達的神力實現願望吧。沒人會抱怨一夜改裝了冷氣和電扶梯，還會普天同慶呢。

古泉唏噓地搖搖頭。

「仔細想想，就算樓梯全改成電扶梯，也能用加急徹夜趕工來解釋，冷氣也是。要是想得太極端，反而會遠離不可思議的樣子。這個就不要想太多，樸實一點好了。」

於是樓梯型怪談結果如下：

『樓梯的祕密：每到弦月之夜的丑時三刻，南校舍通往樓頂的樓梯會多出一階，一小時後復原。踩上這一階的人，右腳拇趾甲會往肉裡長好幾天。另外，除此還可能發生所有教室加裝冷氣等無法解釋又非常不可思議的現象，不容忽視。』

後半是我硬加上去的個人希望。

「前後半完全不搭呢。而且『另外，除此』這部分，要是有人說你文法不通也是沒辦法的呢。」

沒關係啦，反正是怪談，有點沒道理才像真的嘛。

「我是不希望涼宮同學覺得太真實就是了。」

古泉嘀咕著翻閱資料。

「跟鏡子相關的怪談也很普遍。例如在特定時間照特定鏡子，會看見未來的自己，或是被鏡子吸進去就此失蹤之類。」

要用哪面鏡子呢。我在腦中思索全校鏡子的位置。

「從中校舍到體育館的聯絡走廊上，有一面很大的穿衣鏡嘛。就用那個好了。」

雨天經常能見到棒球社的投手對著它丟空氣球，大概是在檢查姿勢。那面不曉得裝什麼意思的鏡子大概只有這種用途吧。

在丑時三刻照這面鏡子會怎麼樣呢？古泉你先來。

「正常一點的話，本尊的動作和鏡中倒影會有些許偏差怎麼樣？」

那朝比奈學姊呢？

「那個，鏡子裡的自己跑出來……這樣可以嗎？」

模仿怪嗎。見到另一個自己這種事，對我個人來說是太老套了……

姑且問一下長門好了。妳有什麼想法嗎？

長門徐徐揚起始終垂落在兒童文學上的雙眼，說道：

「構成鏡中人物身體的胺基酸從L組態變成D組態。」

實在很理科的建議。她似乎將我的沉默視為有解釋的必要，又說：

「光學異構物。」

聽了她語調十分平淡地補充，我依然不曉得那樣哪裡是怪異現象，默默拿起早就喝光的茶杯假喝裝傻。偷瞄一眼，發現朝比奈學姊也很故意地把茶杯拿到嘴邊。是同伴！

「噢，原來如此。」

古泉雙手一拍。是叛徒。

「和銅像是同類現象吧。外表看起來完全沒變，可是肉體的組成卻鏡像反轉了，還滿有意思的嘛。也可以說是一個人畜無害又很合理的怪談。」

怪談是需要個屁合理啊。這樣真的沒問題嗎？那就錄取嘍。

長門回去看書前似乎很小聲地說了「……ＪＡＭ。」可是茶點裡沒有麵包類的東西，喝的也不是俄羅斯茶，大概是聽錯了吧。

啊？我的想法？照那面鏡子，個性就會反轉怎麼樣？例如像長門的春日、像春日的長門那樣——唔唔，光想就頭暈眼花。再繼續腦內模擬太危險，就此打住吧。

「就先這樣好了。」古泉乾脆地寫下來。

『聯絡走廊的反轉鏡：每到上弦月之夜的丑時三刻，若在聯絡走廊的穿衣鏡映出全身，全身的胺基酸分子結構將發生反轉。若在鏡前做收音機體操第二段，在停止動作時鏡中倒影會出現細微延遲。倒影可能偶爾會爬出來，但幾乎不會，據說就算出來了也會迅速消失。』

我對寫著雜亂草稿的副團長大人問：

「這是第幾個了？」

「第四個，還有三個。」

突然感覺好漫長。

「那我們加快速度吧，總不能讓涼宮同學等太久。」

我是很想知道他究竟是怎麼拖延春日，但這個問題就交給春日的專家煩惱吧，我繼續當區區外行人就行。

中場休息，朝比奈學姊又替所有人沖茶，稍微滋潤我疲憊的心。趕快解決掉最後三個吧。古泉放下茶杯，拿起推研社報告。

「不能開的門怎麼樣？就是學校某個地方有一扇門怎麼也不能開這樣。」

選哪扇門不是問題的樣子。

「是啊，畢竟目前並不存在，就只是某個地方而已。」

為什麼不能開呢。是灌漿黏住了，還是釘死了呢。

「這一項不容易做效果呢。設定成某個總是鎖上的廁所隔間怎麼樣？廁所怪談在七大不可思議裡也是重點項目呢。」

打不開的廁所門啊。不過廁所頂端是一整個大空洞，要爬還是爬得進去吧。

「不是從門口進去就什麼也不會發生，但平時總是嚴密上鎖的門會在某些時候突然開啟，不知情而誤闖的人就會直接消失，所以是不能開的門。」

那消失的人到哪裡去了？

「一般而言，涼宮同學會認為是奇幻風格的異世界吧。」

然後在那裡遇到有問題的異世界人，事情滾雪球似的愈來愈複雜，一場撼動世界，曲折離奇，充滿邂逅別離愛恨情仇的英雄抒情冒險譚就此開幕。

「搞出一齣沒完沒了的故事就不好了，放在正常一點的地方吧。」

門的傳送位置嗎。既然是廁所，就設定成會在北口站裡的男廁出來好了。

「這樣不就是貨真價實，沒得辯解的傳送了嗎。讓它近一點，我想想，從同一間廁所的隔壁隔間出來怎麼樣？可能會以為單純只是記錯隔間而已。」

C字空間跳躍嗎。那多加把勁讓他跳回同一個地方不就得了。其實那個人真的從世界上消失了一、兩秒，別人看起來就是他閃了一下。這種物理現象已經夠不可思議了吧。

「這樣設定也可以，不過會不會太單調啦？」

這傢伙真囉唆。不過既然是弄來滿足春日的，的確是不太夠。

我握拳拄額閉眼尋思，忽然有個靈感。

「我知道了，就在閃現的這段時間到異世界去好了。」

「內容是……？」古泉問。

內容就是，開了不能開的門就會傳送到奇幻世界，成為召喚物進行一場冒險。

「什麼樣的冒險呢？」

因人而異好了。無論這一路上是茹苦含辛還是全場無雙，最後都會在問題解決以後傳回原來的廁所。

「怎麼做到的？」

就某種不可思議的力量啊。奇幻世界總有些神之類的人物吧，請他搞定。

「像『世界的意志』這種模糊不清的也不錯。這邊的世界少了一個人，會對寫作自然定理，唸作平衡的東西產生負面影響，於是某種制衡的力量把他送了回來。」

這種事怎樣都好。可是當他回來時，會失去所有異世界的記憶。而且無論他在那過了多久，在這個現實世界都只是過了一小時。

「在異世界的時間就訂為幾個月吧。要是過了好幾年，身體多半會有所成長，回來以後會出問題。」

這邊也交給你了。

「服裝怎麼辦？如果在那裡換了衣服，回來應該會很莫名其妙自己怎麼一身奇裝異服。」

隨便你怎麼拗啦。

「唉呀。」朝比奈學姊細聲嘆息。

「那個人會忘掉另一個世界的每一個人耶……應該有很多開心好玩的事情吧……要是那邊的人知道這件事，不曉得會多難過……」

沒想到她會這麼感傷。

「朝比奈學姊，妳儘管放心。」我當場瞎掰：「要是有續集的話，他一定又會傳回那個世界，跟以前的同伴重逢，記憶也都會回來的啦。」

「真的嗎？那太好了～」

她破顏為笑的樣子簡直跟銀蓮花化為花菖蒲一樣。

「我是很想做兩集就好啦。」古泉苦笑著接下去。「不過八成會做成三部曲吧。」

說話之餘，他動筆記錄：

『某廁所不能開的門：校內某間廁所有扇總是鎖上，不能開的門。在十六夜的丑時三刻開啟這扇門的人會傳送到異世界去，在那裡度過兩個月時間。回到現實世界時，時間只會推進一小時，同時該人會失去所有在異世界的記憶。細節可議，接受續集。』

「…………」

獨自默默讀書的長門腿上，童書系列已經來到第四冊了。

古泉停止翻動資料的手，說：

「這個晚上會動的人體模型用得上呢。」

為什麼就是要讓人形塑像動起來啦。

「人體模型在夜晚的校舍裡遊蕩……滿普通的。」

儘管我對這些事已經有些麻木，但這樣的確是不夠有趣。

如果加上在四百公尺操場狂跑五百圈，或是在手球場不斷練習射門呢。

……不行，感覺做什麼都不好玩。

當我在想錯方向的感覺中繼續思索該讓人體模型做些什麼時，古泉抽出幾張影印紙說：

「你知道我們學校有人體模型嗎？」

喔，就是很噁的那個嘛，換教室上課時經過生物教室偶爾會看到。肌肉、內臟和血管都裸露在外，挺著沒有眼皮的圓眼睛站在那裡，嘴巴灌滿蜜都不能說它帥。會覺得有點幽默，是因為狂灑血漿的場面看到最後都會想笑這種心理作用吧。

「那不是隨時都在那裡的樣子喔。」

那放在教室後方的角落，本來就是很容易看漏啦，你那是怎麼說？

「這份推理研究社的資料裡，記錄了一個耐人尋味的事件。」

事件？

「對。北高裡似乎發生過生物教室的人體模型之謎，事件名稱很直接，就是『到處嚇人的人體模型』。」

喂，先等一下。不是說北高沒有七大不可思議嗎，這樣至少有一個吧？

「看樣子，是因為推研社把這件事純粹視為發生在現實日常中的一個謎題而已。也就是說，這沒有超自然成分，背後有一套可以複製的手法。」

所以到底是怎樣的事件？

「根據推研社報告指出——」

不要抄我好不好。古泉笑咪咪地裝蒜。

「某天早上，有個甜點同好會的女學生打開家政教室的門——」

呃，先等等。我從來沒聽過這個甜點同好會就算了，她為什麼一早就到那裡去？

「甜點同好會平常也是放學後才到家政教室活動，這天是因為有東西要事先準備才提早過去。報告上說是巴伐利亞奶凍。另外呢，甜點同好會是家政社的分支。」

這我倒是沒興趣。

「當時她急著將材料放進家政教室的冰箱，想不到教室門一開——」

古泉稍停片刻再說：

「她就和等在門後的人體模型幾乎是臉貼臉地對上了眼，鼻子都差點撞上去。她嚇得連尖叫都忘了，轉身就跑，奶凍的材料也被她丟在地上摔個稀爛。她說這是她最遺憾的事。」

難道是人體模型趁夜從生物教室跑去家政教室，站在門口等著嚇開門的人嗎。還是有那麼點怪談的味道嘛。

「事情還沒說完。這個受害者直奔教職員辦公室，找一個碰巧同樣早到的老師說明原委，兩人一起返回家政教室。結果把她嚇得七葷八素的那個人體模型，居然連個影子也沒有。」

然後呢？

「然後兩人便跑到生物教室去確認，因為人體模型原本就是放在那裡的。結果他們在那裡見到的是——」

好了啦，少賣關子。

「人體模型還是跟平常一樣，放空站在那裡，彷彿什麼事也沒發生過。」

是它衝回去了還是瞬間移動呢。去家政教室幹什麼這點更神祕。

「喔，關於這點，報告上也有描述。」古泉翻動資料說：「調理台上留下了一隻剛片開的魚，據查是竹莢魚。」

看來事情不能當作是人體模型想炸竹莢魚當早餐，結果被打斷就算了呢。

「是啊。其實這個人體模型也曾經出現在其他地方。」

人體模型連續亂放恐怖事件嗎。

「大約在這件事的兩週後，某個女籃社員來體育館晨練。這天她剛好是第一個到，而她也很勤快地打開體育器材室作準備——」

結果人體模型同學就直挺挺地站在門後是吧。

「果然英明。第一個發現的女籃社員用有點古老的『嚇得我腿都軟了』描述當時的反應，不過這裡和家政教室那次有一點不同。」

古泉翻開報告第二頁說：

「這次人體模型沒有消失。後來接連有社員來到體育館，可能是沒機會逃跑吧。於是女籃社員們帶著碰巧早到的老師到生物教室去，或許是當然的，裡面的人體模型不見了。後來沒辦法，只好找幾個熱心社員把這個詭異的入侵者放回生物教室，所有人再把這個身分不明的惡作劇犯人罵了一遍。」

惡作劇啊，也對啦。就只有這兩起事件？

「第三次還有照片呢。」

古泉不改語調，說道：

「這次是放學後，天黑以後的事。據某位新聞社員指稱，這天他因為社團活動拖到很晚才能回家。在走廊上，他發現有個人影閃過對面校舍的窗戶。校舍裡沒開燈還有人在裡面走動，他覺得很奇怪就停下來看，發現那個人好像不是穿制服，而是根本沒穿衣服，於是他瞇起眼睛想看個清楚——」

好好好，人體模型人體模型。

「後來他考慮了一下，最後還是沒勇氣接近那間教室。但他不愧是新聞社員，沒有忘記拿出手機拍照。而他下一個行動就是前往教職員辦公室，和碰巧在那裡的老師一起跑去生物教室。」

這次在不在？

「在。生物教室的人體模型沒有失蹤，新聞社員不禁懷疑自己的眼睛。如果是有人惡作劇，就要在他目擊人體模型到抵達生物教室這短短幾分鐘之間避開他們的耳目，將人體模型從那間教室搬到生物教室並且悄悄溜走。這就是當時的照片。」

古泉將影印紙遞過來。

距離很遠，像素又粗，晃得很嚴重，還是用便宜印表機印在影印紙上，不說根本不知道那是人體模型。能不能當證物採用都很難說。

古泉在我詢問之前補充：

「報告裡沒有第四個案例，到此結束。」

那麼推研社是怎麼推理的？

古泉將影印紙掀起來又放回去，挑關鍵字迅速瀏覽後說：

「沒有相關記述，感覺上就是以問題篇作結這樣。」

嗯，怪怪的喔。

「哪邊怪？」

有很多啦，簡單來說就是兩邊都怪。除了故事內容以外，推研社把這個謎題交給我們也很可疑。既然你是問「哪邊」，表示你也是這樣想吧。

「可以這麼說。有不少key point呢。」

如你所言，推研社報告中的其中一個不自然之處，就是key，也就是鑰匙。無論生物教室、家政教室還是體育器材室，一般來說都會上鎖。最早到的學生需要開鎖，放學天黑以後，最後一個離開的人要上鎖才能走。可是你從頭到尾都沒提過門有鎖或開鎖之類的字眼，是你看漏了嗎？

「沒有。」

這麼說來，可以當作推研社刻意省略吧。

現在能肯定的就是，將人體模型搬來搬去的犯人，至少是擁有生物教室、家政教室和體育器材室鑰匙的人。

「可能範圍縮小很多了呢。」

而且這三個案例都有老師「碰巧」出現在辦公室，都是不同人嗎？

「沒有提到名字，也沒有半點描述，寫得很模稜兩可。但如果教師是共犯，鑰匙的問題就簡單了，比起各打一把備鑰更為自然得多。」

另一個幾乎能確定的，就是有兩具人體模型。

「這個結論是怎麼來的？」

「如果不這樣想，我們就必須承認自己是住在可以瞬間移動的世界裡了。」

從第一和第三個案例來看，在大清早來到家政教室的甜點愛好者，以及放學後夜裡新聞社員所見到的人體模型，都不是生物教室原有的那具人體模型。所以不管他們用多快的速度趕到生物教室，也不會看到人體模型不在其位。犯人只要等目擊者離開以後，就可以不慌不忙地收拾了。

「收是要收到哪裡？人體模型可不小，不是隨便一個地方就能藏的吧。」

我不曉得生物教室的人體模型能不能拆，至少有些是可以的。全部拆散以後，幾個大號的運動提包就裝得完了吧，犯人不只一個就更容易了。

「有道理。那麼第二個籃球社的案例，或許是為了混淆視聽，所以直接用了生物教室的人體模型。也就是在這裡植入誤導，好讓人不去注意到人體模型有兩個。」

說不定還有其他理由。

「怎麼說？」

三次人體模型恐怖行動中，只有家政教室那次能夠推測動機。你說甜點同好會是從家政社獨立出來的嘛。由於兩個社團的活動都會用到家政教室，一山難容二虎，有可能發生爭執，而且獨立說不定就是爭執的結果。

總而言之，有幾個或全體家政社員忍無可忍而動手嚇人，也不足為奇。

「如果會同時共用家政教室，就容易得知誰會最早來教室放東西了。但話說回來，片開的竹莢魚是什麼意思？」

大概是想暗示犯人就是我們家政社，作警告之用吧。不然就只是沒意義的惡作劇。

「另一個人體模型是從哪弄來的呢？」

從網拍之類的管道想弄到中古的人體模型應該不難，說不定還是因為先有了模型才會有這一連串的計畫呢。

「假如第一個案例是警告，第二個是掩蓋真相用的煙霧彈，那麼第三個是……」

強調人體模型是靈異現象。對相信幽靈妖怪存在的人而言，會動的人偶肯定是一等一的恐懼對象，甜點同好會的被害者很可能就是這樣的人。不知是不是碰巧，目擊者是新聞社員也很有利。沒什麼事情比這更好寫的吧。

「這樣啊。起初還會覺得是惡作劇，可是隨著第二第三次人體模型的怪事出現，愈來愈多人在談論這件事，恐懼逐漸深入人心嗎。真是深謀遠慮。」

「計謀是是推研社想的喔。」

古泉的微笑裡沒有疑問的成分。

「你應該早就發現了吧？」

「你說呢。」

裝個屁傻。你看，這個人體模型恐怖事件沒有寫明日期，不知道什麼時候發生的，但至少不是我們入學以後的事。要是學校出了這種事，春日不可能不知道，更何況幾乎能確定這不是以前發生過的事。因為這根本就是春日想找的校園怪談，七大不可思議之一。既然推研社會把它夾在資料裡送過來，春日午休問起時就該告訴她了吧，哪怕認為它是靈異底的懸疑小故事。

「所以這是推研社編造的虛構事件。」

我做出結論。

「這是所謂社長那些學長搞的鬼吧。春日的信鴿在午休時間帶問題過去後，他們在放學之前想出這道謎題，又讓信鴿帶回來，給春日猜真相。」

你說這並非靈異事件，單純是手法可複製的問題篇嘛，古泉？

「就是把自製的靈異風校園疑案，混進了七大不可思議的資料裡吧。這些人還真是調皮。你是在哪個點發現這整件事是他們虛構的？」

應該是從頭到尾都沒上鎖這點吧。要是明說那些地方當時都是密室，再笨都會先懷疑可以自由取用鑰匙的老師，然後就是直衝解答了。

但也有可能是我想太多，單純是他們懶得一直描述開鎖而已。這樣讀起來節奏不太好。

「不過能在這麼短的時間內編出這樣一套謎題，也是滿厲害的了。還準備了照片呢。」

甜點同好會也是虛構的吧，怎麼可能那麼剛好有這種社團。照片部分，就歸功於近年來影像加工技術的進步吧。

「話說回來，這樣也有個問題。」

古泉豎起食指按著眉心說：

「如果這是推研社給涼宮同學的戰書，那麼你已經把它給毀了。這該怎麼辦呢？」

啊啊，沒想到這裡來。可是——

「我的答案不一定就是最後的真相。說不定推研社下了層層陷阱，我不過是被他們玩弄於股掌之間而已。就讓我們期待春日運用她的機智推翻一切吧。」

「要是涼宮同學問起，你要記得把剛才的推理重講一遍喔。」

『亂跑的人體模型恐怖事件：細節請參考來自推理研究社的報告。』

古泉終於開始偷懶，我也厭倦了他的奶油臉，轉向一邊去。

「……嘶嗚。」

才想說朝比奈學姊這麼安靜，原來她兩肘拄桌，下巴擺在搭起的手上打起盹了。

「…………」

長門痴迷的兒童取向怪談系列也不知不覺來到第六集。

這可能是她們表達煩悶的方式。

「好啦，七大不可思議只剩最後一項了。」

語氣那麼遺憾做什麼。

古泉搖搖影印紙說：

「在我們沒挑到的校園怪談裡，比較大宗的有會跳舞的骨骼標本、音樂教室巴哈像變臉、美術教室蒙娜麗莎打呵欠、籃球在無人的體育館彈跳、夜間泳池鬼拉腳、學校小童等。」

骨骼標本跟人體模型重複了，特殊教室裡的肖像畫其實是會隨角度改變表情的整人畫，只是有隱形人或變色龍人在運球沒爆點，淡水泳池的妖怪多半是河童，丟幾條黃瓜收買就行，學校小童這種東西我們社團就有一個類似的。

「那這個怎麼樣？」

古泉瀏覽推研社報告的最後一張，極其嚴肅地說：

「誰也不知道七大不可思議的最後一項是什麼。萬一知道了，就會神不知鬼不覺地失蹤。」

只是懶得想第七項而已吧？擠出六項就夠累人了，我們現在就是這種狀態。

「因為誰都不知道，不就會想盡辦法找出來嗎？」

當然，主詞是春日。

「如果只是這樣……」古泉說道：「涼宮同學應該只會改變一點點現實吧。不管怎麼說，無中生有跟試圖查明既有的事物完全是兩種方向，有天與地的差別。」

有差那麼多嗎。

「你想想。比起無中生有，找尋失落的東西對世界的影響要小得多了吧？」

能辦到前者的不是神就是騙子，這樣夏季合宿挖掘世界遺跡之旅好像真的會發生呢。

「而且不給涼宮同學一個謎，替她留點想像空間，感覺也不太好。」

逗春日開心真是件苦差事。自然而然變得能看出她的情緒，感覺實在讓人悶到極點。被這個彷彿「目中無人」化為人形的團長指揮了一年多，再不情願也能預料上司的臉色。

經過我和古泉的熱議，七大不可思議的最後一項如下：

『七大不可思議的最後一項誰也不知道，也不應該知道。這就是第七項不可思議事件為什麼不可思議。』

「會不會有點掃興啊？」

對春日已經夠了啦。誰也不知道這點，就是這項不可思議事件的根基兼必要條件。知道了就不再不可思議，七大不可思議將因此瓦解。為了讓七大不可思議能繼續是七大不可思議，這一項非得是誰也不知道不可。

「羅素悖論嗎？這樣的確是有機會說服涼宮同學。」

我不曉得這樣是哪樣啦，只要你能接受就好。替我跟羅素問安喔。

「用文書編輯軟體整理一遍列印出來以後，感覺就會很正式了吧。」

古泉用自動筆打的草稿總共是兩張Ａ４影印紙。他揉揉後頸，將草稿放在長桌上。就在這個時候——

「…………」

長門不知何時讀完了書，不發一語用兩隻手指捏起草稿，將電研社轉讓給我們的筆電拉到面前，開始超高速打字。

有沒有一分鐘都很難說。

坐鎮於社團教室一隅的噴墨印表機隨她按下 Enter 鍵而啟動，幾秒後開始列印。

還以為她心思都在讀書上，幸好她雙耳依然為我們敞開。這點一心多用，對長門來說是小意思吧。

睡死了的朝比奈學姊和她完全不一樣，但需要勞駕她的事準沒好事，這樣就行了。身穿女僕裝的朝比奈學姊在社團教室努力端茶水的日常，就是世界和平的指標。

當印表機進入冷卻宣告列印結束，古泉向長門道謝，我起身收取吐出來的影印紙。

標題〈五月末，於SOS團社團教室論定縣立北高中之七大不可思議〉

內容如下：

1．二宮金次郎像異象

2．音樂教室之謎

3．樓梯的祕密

4．聯絡走廊的怪鏡……

此後請恕我割愛。我和古泉扯了一下午淡，再根據長門與朝比奈學姊指點一二所彙整出來的ＳＯＳ團（春日除外）製北高七大不可思議，全都鉅細靡遺地印在上面。簡直就像要交給誰的報告一樣，而對象只會是那個人。

古泉從剛才就不時偷瞄手機，最後像是確定了什麼才收進制服口袋裡，和我對上視線後眨了單眼。

緊接著是飛快的響亮腳步聲，剎那間門板彷彿爆裂般敞開——

「大家聽我說！有好消息！」

我們的團長涼宮春日帶著連正午的太陽神都相形失色的笑容登場了。

光是看到那張臉，就覺得室溫上升０.５℃。

「哈喵？」

打開又關上的門和春日的嘴所發出的大聲響，嚇得朝比奈嬌軀一震，從夢中世界回來了。她急忙起身，手忙腳亂地說：

「啊、啊，涼宮同學，早安！」

「早呀，實玖瑠！」

春日心情很好的樣子。她大步來到團長桌前一個轉身，掃視我們幾個一輪後將食指擺得像指揮棒似的說：

「今天我突然注意到一件事。」

誰也不予置評，我只好不甘不願地問：

「什麼事？」

「我們志在尋找這個世界的不可思議事件，卻完全遺忘了我們幾乎每天往來的這所學校代代相傳的不可思議事件！」

我們有什麼代代相傳的不可思議事件嗎。

「根據我的調查，其實並沒有。說起來這也是正常的，畢竟這裡只是沒幾年歷史的縣立高中嘛。可是，這反而是好消息！」

春日當場轉一圈說：

「既然沒有，用自己的手做出這所學校的七大不可思議就好了！這是為了未來的學弟妹好！可以滋潤他們平凡的高中生活！」

我很懷疑怪談到底有沒有半點滋潤的成分。好啦，可能有點濕濕陰陰的。

用手制止想再說下去的春日後，我問：

「在妳演講以前，我有個東西要給妳看一下。」

「幹麼啦？」

到這一刻，春日才發現社團教室氣氛與平時不同。

長門保持按Enter鍵的姿勢愣在那裡，朝比奈學姊將托盤像盾一樣抓在身前不知所措，古泉一副選錯表情的怪臉。

而我慢慢地拿起隨手放在長桌上的影印紙。

「我們早就料到妳差不多要提出這種要求了啦。」

我將除春日外的所有人集思而成的那份構想交給她。

「這什麼？」

她匆匆過目，瞬時變了一張臉。這傢伙還真好懂。春日露出猜想苦蟲炸過會是什麼滋味的臉後說：

「對喔，推研社。」

這麼快就猜出來龍去脈，就用果然厲害四個字表達我的欽佩好了。

春日一瞥長桌上的《古今著聞集》和那疊影印紙的資料，眼睛變得像瞌睡蟲上身的眼鏡鱷。

「難道不應該問她嗎。」

妳本來就無從估計她的行動力，先不論結果如何，這個過程沒什麼問題吧。能料到她當天就捧著大量資料和部分推研社的自製謎題殺過來的人，也只有全盛期的福爾摩斯了。

「我可能有點小看推研社了。」

春日說句自省之言後，一個個對我們射出不帶甜味的視線。

「話說回來，你們動作也滿快的嘛。真是的，我都替你們驕傲了。見到團員成長，身為團長的我自然是非常高興。」

看起來不怎麼高興就是了。

「那妳呢，堂堂團長出去這麼久，談生意啊？到哪去鬼混啦？」

「我想校長可能知道以前的事……」

春日依然臭著臉說：

「所以我就跑到校長室去問啦，結果在那裡陪他下將棋。我的王一直追著他的王跑，結果跑到對面邊邊去了。」

入玉啊，難怪花這麼久時間（註：入玉為將棋術語，指王將進入敵陣）。

我側眼瞄瞄古泉，只見他臉上貼著一整片裝傻的笑。學生會長以外的校內援手，就是這麼回事嗎。

「早知道我就把茶跟煎餅趕快清光，回社團教室來了。搞什麼啊。」

春日似乎是無處發洩不滿，露出少見的複雜表情。蠢蠢欲動的嘴唇正使勁擱住要說的話。

怎麼啦？有話就說出來，憋著對身體不好吧？

「吼！」

要是這裡沒人，她搞不好會氣得直跺腳。

「你們竟然偷偷在這裡做這麼好玩的事！」

春日舉起雙手。

「我也想一起想啦！」

聽到真心話，我整個人都舒服了。

我細細咀嚼著這睽違已久的清爽滋味，說道：

「那麼，這七大不可思議通過了嗎？基本上，這是我們這些不肖團員為了團長大人運用三個臭皮匠加一的智慧，以及無比飛躍的想像力匯聚而成的精心傑作呢。」

「真拿你們沒辦法。」

她真的很不甘心似的嘁嘴嘆氣。

回頭想想，這該不會是我們第一次背著春日偷跑吧？

平常都是春日先出點子，我們再跟著她到處跑，解決因她而起的事件或現象。結果這次我們成功先一步防範未然，極其難得啊。

以後說不定都能用這一招。只要事先設想春日接下來會提出什麼樣的企畫，做好萬全準備就行了。這樣就能在春日吹哨開球的瞬間結束比賽。儘管防不防都一樣會有很多事要做，應戰這種事本來就是要多準備幾套對策來應變。但話說回來，事情還是會有聰明反被聰明誤的危險，這招用起來必須再三小心。

「可是我還是有很多話要說。首先就是這個二宮金次郎像，北高裡根本沒有嘛。」

妳居然也會說這麼正常的話，忍不住感動了一下。

「啊？你欠揍啊？」

春日沒有乖順到一度放行就對看不順眼的點忍氣吞聲。她的指尖在印出私家版七大不可思議的影印紙上用力一彈，開始說明她的意見。

「幽靈彈《4分33秒》啊……既然管樂社也是用音樂教室，樂器應該都有吧。讓全部樂器都跟鋼琴一起大合奏，熱鬧一點幽靈也會比較開心。」

管樂隊總動員演奏無聲樂曲，而且演奏者全都是幽靈啊，這樣的確是跟淒涼無緣。春日一出手，冷清清的怪談都要熱呼呼了。

春日繼續快速瀏覽報告書，眼睛停在第三項不可思議事件上。

「在教室裝冷氣是什麼意思？這只是你的願望吧？」

可以幫個忙嗎？

「問我有什麼用。好啦，下次遇見校長幫你問問看。」

好像看見了一線曙光。

「我也覺得這面鏡子很奇怪。」

春日對於長門提案的可疑穿衣鏡是這麼說的：

「變成D型是不是就不能吸收蛋白質啦？啊，這樣方便減肥，找有過食問題的人過來照，想必會大排長龍。沒錯，就算一人只收一百也能賺到翻掉。不過太有效也不好，持續時間就來個大優惠，四十八小時好了。」

還以為她會喜歡奇幻世界的點子，結果她說：

「接受續集是怎樣？要是不用一集決勝負的氣概去拍，能拍續集的也會搞到沒得談啦。而且這個設定也未免太剛好了。大綱上這樣可以，情節的部分給我打掉重練。」

「悉聽尊便。」

古泉都苦笑到面部肌肉要僵住了。怎麼沒有苦怒或苦喜之類的詞呢。

至於第六項不可思議事件——

「犯人就是推研社！」

她直截了當地如此斷言。

「跳脫出來想是這樣啦，不過單純用故事內容去想，我認為真兇是祕密結社『人體模型之友會』。這幾起連續人體模型恐怖事件，以後應該還會持續發生。因為這個祕密結社——」

聽到這危險的詞，直覺告訴我追究下去肯定出事，我決定忽視到底。

「好吧，還可以。」

春日將報告書放在團長桌上，抱胸轉向我們。

她對第七項不可思議事件沒意見嗎？

察覺她臉上再度堆滿燦爛笑容時，我立刻有股莫名的壞預感。還來不及摸索預感是從何而來，春日先解答了。

「第八項不可思議事件，我自己來想！」

「啊？」

我反射性地叫出聲。

「喂，妳有沒有看清楚？第七項不可思議事件都已經沒人知道了還有第八項，不是自相矛盾嗎？」

「第七項只是沒人知道，但還是存在吧。這樣很好啊，nobody knows。」

呃，可是……

「你聽好了，阿虛？誰都不知道的事情，跟並不存在完全不一樣。就像圓周率小數點後的第九千九百九十九兆位是什麼數字，我看誰也不知道吧？但它肯定是0到9其中一個。」

呃，可是……

「我尊重你這個北高七大不可思議是個完整的作品，報告裡也能看出一點努力的影子。」

您真好心啊。

「不過，接下來這個一定得是第八項，這我絕不退讓。」

可是，這樣就不是七大不可思議了耶。

「四天王有五個人是常識吧。」

妳是哪個世界線的，持國天祂們會生氣喔。

「這個元祖四天王不是就有五個人嗎？」

春日折指數來。

「持國天、增長天、廣目天、多聞天、毘沙門天。看吧，五個。」

數得這麼順，差點就跟著點頭了。

「我印象裡，其中一個應該是那四個之一的別名。」

「是說毘沙門天是多聞天的別名吧，可是這其實是用來混淆後世視聽才這樣說的。沒錯，其實多聞天和毘沙門天是雙胞胎兄弟，或是兩個不同人格、兩人共飾一角之類的。不錯吧，這樣戲劇性一下就衝起來了。」

不管那是什麼戲，拍這種故事要小心被佛祖打喔。喔不，這種時候應該講小心遭天譴吧。話說回來，帝釋天的親信到底有什麼必要設陷阱混淆祂們的數目，實在想不通。

「不要被既定觀念束縛住，想法要柔軟一點，放眼未來才行。時間之河永遠不停留，以後是八大不可思議的時代。」

Eight Wonders Age。嗯……簡直莫名其妙。

我期待著會陪我一起唱反調的援軍出現而環視周圍，唯一與我對上眼的古泉兩手一攤，火速打出無條件投降的訊號。

朝比奈學姊似乎想逃離春日口中語言觸手的追捕，趕緊泡起茶來，長門則是翻開了童書系列的最新一集。

三位大老，這樣不會太奸詐嗎？

看來七大不可思議的No.8是吉是凶，全看我接下來如何奮鬥了。

要是以後全日本各級學校的七大不可思議變成八大不可思議，請找春日報仇。

春日一屁股蹦到團長席上說：

「實玖瑠，上茶。」

「啊，來了。」

「我要特別濃的喔。」

「熱的雙倍梅子昆布茶可以嗎？」

朝比奈學姊樂呵呵地勤快幹活。

春日津津有味地交互對比神速打字手長門所製作的SOS團文件以及推研社送來的資料，一下呢喃一下賊笑一下皺眉很忙的樣子。怎麼好意思打擾。

我返回自己的鋼管椅時，鄰座的古泉把臉往我耳邊湊。你是有什麼悄悄話想說？

「要我大聲說也沒關係啦。」

古泉低語道：

「這裡還有個七大不可思議之外的不可思議事件，或者說一個謎。」

用的是故弄玄虛的語氣。

「那就是你不用綽號稱呼那個推研社員的原因。」

哪有什麼原因。

「真的嗎？」

有屁快放。

「因為涼宮同學已經用綽號稱呼你了。也就是說，那是你的一點小心意。」

你到底在說什麼。

「她叫涼宮同學『小春』嘛。說不定你也——」

知道啦，不用全說出來。

「你平常都是用名字來稱呼涼宮同學，且不帶稱謂。」

我好想知道讓古泉閉嘴的方法。立刻馬上。

「直呼名字是親暱的表徵。至少，那不是綽號。你是不是認為，你都沒用綽號稱呼涼宮同學了，怎能這樣稱呼其他女性呢？沒有自覺的話，就是下意識的舉動；有自覺的話——當然就是故意的了。」

見我回不了話，古泉又說：

「不過呢，究竟是直呼名字還是用綽號比較親暱，兩者的距離感又有何差異，這個我就不清楚了。」

知道也不用告訴我喔。

「涼宮同學從一開始就用綽號稱呼你，所以如果你是叫她『小春』的話，其實無可厚非。你可以試著想像當面叫她小春是什麼感覺。」

慘了。我怎麼會犯這種錯，讓古泉的言靈牽著我鼻子走。在理性行使自制力之前，想像力已經將他口中的情境布展於腦中，連春日作何表情都一併自動推測出來——我快不行了。

大概是臉色太糟，讓古泉看不下去吧，他投出只能以「嘻嘻」描述的做作微笑。

「請適可而止喔。」

並留下不知是忠告還是警告的話，將之前寫筆記用的影印紙挪到面前，推敲起第五項不可思議事件的異世界奇幻冒險。不曉得他要被退掉幾張才能過關。

有件事我要拜託各位。

給春日取個好玩一點的綽號吧。如果我喜歡，以後就這樣叫她也無妨。來信請寄縣立北高文藝社SOS團。欲知獲選與否，請見我如何稱呼。

失去說話對象而沒事做的我，從晾到現在的百人一首抽光頭牌堆中抽一張出來。

傾心為伊人，奈何花開不敢折，只有暗相思，怎知倏爾傳千里，滿城惟吾獨不知。

我將這當成塔羅牌那樣，想看牌上詞句會不會正好是我的處境，結果不太對的樣子。於是再抽一張。

但求世間事，能與天地共長久。只羨浦邊舟，夫得百年如一日，泛海漁來收縴索。

我伸手要抽第三張——又收了回去。

硬抽到大吉出來實在很沒意義，再說沒有白話譯文，我也看不懂。

要記得交代古泉，既然要拿手動遊戲來，就只能拿不需要什麼素養也能玩得開心的遊戲。往國外遊戲想時，我想起一件事。

對了對了，推研社向長門邀稿的事如果忘了說就糗大了。雖然文藝社社長長門才是文藝社的主體，我們乍看之下跟這件事沒什麼關係，但社刊的製作可是春日在統率的。

「喂，春日。」

「幹麼，阿虛？」

春日喝著雙倍濃度的梅子昆布茶，以眼角深邃的眼神向我看來。

長門不知何時移了位置，又坐回房間角落的鋼管椅上，倘佯於沉默之中專心看書。她似乎已經讀完整套兒童怪談，腿上又是那本厚厚的事典。

朝比奈學姊用卡式瓦斯爐煮水，猶豫著下一壺該用什麼茶葉，雙手捧著茶罐拿起又放下。

古泉拿自動筆尾端頂著太陽穴，嘴裡叨唸著奇幻世界的設定。很少看到他這種樣子，真是有夠噁爛。

春日坐在她的專屬座位上，使房裡空氣想起原本熱量般努力提升我們的體感溫度。

「推研社社長有事請長門幫忙。」

「咦，什麼事？」

在這個春天逝去，新綠季節到達尾聲，陽光滿溢的天氣轉眼就要隨太平洋高氣壓席捲而來的日子裡，ＳＯＳ團真正的日常運轉開始了。

鶴屋學姊的挑戰

事情是最近發生的。這幾天放學以後，在縣立北高文藝社社團教室一角，不時有人在談些危險的事。

從「製造不在場證明」、「不可能的犯罪」、「啥米碗粿的殺人」、「烏魯木齊的慘劇」、「某某某的恐怖」等充滿負面觀感的字眼，到「碘酒瓶」、「伯爾斯通開局」、「紅鯡魚」、「Y的曼陀林」、「艾克洛的那個」等一般人不會懂的行話，在斗室裡漫天飛舞。

對話主要由三人構成，長門是核心人物，但她經過石蠟固定般坐鎮在文藝社社團教室角落的鋼管椅上動也不動，只顧看她手上攤開的書，其餘兩人被迫站在她身邊說話。且由於長門位在正中間，說話的主要是古泉和一頭蜂蜜金髮的稀客，她只以極為稀少的頻率小聲說些最底限的話。

另外，除了以絕對的面無表情作為顏面基本型的長門，其餘兩人都是眉飛色舞地聊著前面那些字眼，還愈說愈有勁，不得不說這個畫面實在詭異得可以。對話裡夾雜兇殺案、獵奇犯罪、無頭屍等危險詞彙還說得一臉笑呵呵的樣子，被當作狂熱的神經病也是自找的。

而視線一轉，眼前就是個可愛的女侍。

SOS團中盛開的洋甘菊——朝比奈學姊身穿春季女侍裝好端端地坐著，注視長桌上的棋盤。四×四的圓形框框裡，排列著幾個木塊般造型各異的棋子，她手上也有一個。

「嗯……嗯～？」

已經長思五分鐘的她不時發出如此可愛的聲音，歪頭皺眉，用睫毛搧動空氣，從各種角度觀察盤面。這個三年級女侍表情怎麼看也不像學姊，怎麼看也看不膩，甚至有看小貓咪睡覺一般的療癒效果。不過這也使得她替我們沖的抹茶殘渣都已經在杯底涼透了。

「對兩位來說——」

古泉對長門與訪客說道：

「至今看過的本格推理小說裡，覺得最棒的是哪本呢？」

「你是要我當場決定 all-time best 1 in my life 嗎？」

推研社的女學生T搖擺金髮，拈著下巴問。

「目標範圍太廣，很難篩選耶。And，你必須知道我對 Japanese 本格推理小說並不熟。」

長門繼續默默看書。

「…………」

「那我們只限歐美的吧。我想想，就先從約翰．狄克森．卡爾系列作品中挑一個最喜歡的開始好了。不過有些人認為《三口棺材》、《猶大之窗》和《瘟疫莊謀殺案》都已經是最高殿堂級的作品，希望妳盡可能挑這三本以外的。」

到底是誰分的級呢。

聽了古泉的建議，T像是習慣性地撥撥瀏海。

其實她平常都是任由瀏海遮蓋額頭，唯有今天夾了個樸素的髮夾。她彈了彈從髮夾鑽出來的亂髮，說道：

「你這種單純的問法很不錯。去掉那三個的話，我最喜歡的是《The Emperor's Snuff-Box》，當然沒有全部看過就是了。」

「喔？《皇帝的鼻煙壺》啊，有點意外又不會太意外呢。」

「你想說那是 very light 嗎？但我就是無法違背我對它的喜愛。古泉，換你了。」

「只能挑一個的話，那當然是《燃燒的法庭》。無論是最後一章某人的獨白衝擊力之巨大，還是它巧妙混合恐怖與懸疑的傑出手法，都讓它整個作品的完成度高出一個層級。」

「Woof，無法反駁呢。」

T的視線垂落在長門腦袋瓜上。

「長門同學，妳呢？」

「……《綠膠囊之謎》。」

來自低角度的細小平聲如此回答。

「是喔。」古泉說。

「咦～」Ｔ說。

兩人面面相覷。

「這我就有點意外了。是哪個部分……難道是那個時代的那個手法，還是那個？」

「不對，應該是那個才對。那個的那個。」

我完全是鴨子聽雷，而他們這樣還能溝通，怪恐怖的。

老實說，長門老實回答非ＳＯＳ團的第三者這點才讓我覺得最懸疑，只是那似乎得不到站著說話的另兩人贊同。

「那麼，換我問嘍。」Ｔ迫不及待地說：「範圍是 Anthony Berkeley 的作品，但是只限以 Anthony Berkeley 為筆名出版的書。你應該是全都看過了吧？」

「當然是《毒巧克力命案》。」古泉秒答。「妳呢？」

「《毒巧克力命案》。長門同學呢？」

「……《毒巧克力命案》。」

古泉和Ｔ同時「唔唔……」起來。

「會有這樣的結果也是應該的吧。挑其他的作品的話……《頂樓謀殺案》，喔不，《第二聲槍響》吧。」

「《Trial and Error》和《維奇福特毒殺案》也難已割捨，兩本都很 humorous。不過——」

兩人夾著鋼管椅上的長門沉思片刻。

「柏克萊就聊到這裡吧。代表作和其他作品的差距大到像太陽與行星，筆名價值和存在感也有所區別。」

「嗯，是極少數可以同時推薦給 mania 跟 beginner 的推理小說作者。」

T說著像是會寫在書店POP上的話，摸摸瀏海上的髮夾。

「再來換誰問？」

「…………」

長門默默翻動腿上書頁。

「那就再讓我問一次吧。提到本格推理，就不得不提艾勒里．昆恩，挑一個最喜歡的吧。來，請說。」

「我有一個提議，請你先聽聽看。」

T輕舉右手說：

「我希望把範圍限定在日本所謂的國名系列。說來慚愧，現在的我幾乎沒看過幾本這以外的系列作。《X》和《Y》是另當別論。」

「這樣就去掉《Y的悲劇》了。」

古泉雖這麼說，表情卻顯得有點愉快。

「這也沒什麼不好，國名系列可是名作的寶庫呢。」

「就我自己覺得，最好的是《埃及十字架之謎》。Simple is elegant。」

「我肯定是最喜歡《暹羅連體人的祕密》。沒關係，我懂，有意見很正常，這本書的確有幾個可以吐槽的地方。可是故事最高潮，艾勒里在眾角色處於極限狀態時進行推理並揭露犯人的場面，以及在絕望之中準備赴死那一刻所發生的奇蹟。然後是一縷飛瀑般的最後一行，昆恩刑警用一句短短的話說明事實並結束整個故事，這樣的閉幕方式美得我打從心底感動啊。」

「你是喜歡它的娛樂性，而不是它在本格推理的地位嗎。怎麼品味是個人自由啦。所以你是比較著重於結局的人？I see……長門同學，換妳說了。」

「……《希臘棺材的祕密》。」

長門淡淡地說。

「居然是《希臘棺材》。以妳來說，這個選擇還滿庸俗的嘛！」

長門翻動書頁的手指定住了。

古泉苦笑著幫腔。

「我倒覺得這很像是長門同學會選的書，它是這系列中最厚的呢。

這樣真的有幫到嗎。

「而且它也是與《荷蘭鞋子》和《埃及十字架》齊名的名作，我並沒有什麼意見。」

「話說回來一樹．古泉，很少人會推薦《暹羅連體人》耶？」

「是嗎？至少比《中國橘子》多吧。」

「啊，也是啦，這也是沒辦法的事。說到《暹羅連體人》，它沒有『給讀者的挑戰』這點也很出名嘛。其他系列在解答前都一定會有呢。這會不會是表示作者自己也對它的邏輯性沒什麼信心呢？應該不會單純是忘記寫了吧？」

古泉得意地點點頭，掃視著社團教室的書櫃說：

「《暹羅連體人》沒有『給讀者的挑戰』，當然是作者昆恩刻意而為，而且並不是因為它的推理邏輯不夠嚴謹。對於這一點，在北村薰《日本硬幣的祕密　艾勒里．昆恩的最後一案》有詳細說明。我們這裡正好有一本。」

他取下應是長門私有的書，翻動起來。

「我引述一段不會洩漏劇情的部分。這是從小說角色的對白中間節錄下來，有點沒頭沒尾，請多包涵——

『因此，每揪出一次犯人就要準備一套邏輯，劇情變成了邏輯的變色糖；顏色會在何時停止變化、有多少變化，則是吸引讀者興致的核心。於是乎，在途中插入「給讀者的挑戰」就會違反劇情的根本精神。在目錄中明擺出「挑戰」二字，便是事先點破「這之前的解謎都是白搭」。』

然後還有這一段——

『在《遲羅連體人》中，兇手的行動即是破案的最後關鍵。當然，那也是推理的線索，但最後的結果並不是以邏輯方式底定——所以不是《遲羅連體人》缺少「給讀者的挑戰」，而是本來就不能這麼做。』

怎麼樣呢？請妳仔細品味這一段話，再重新咀嚼《暹羅連體人》的整個劇情脈絡。有沒有想到些什麼呀？」

古泉看的是長門。她的視線指向腿上的書，但腦袋的角度比平時低了幾公釐，很快又恢復原位。大概是以高速思考得出了某種結論，又回去啃書了。

T舉手投降，說道：

「我的腦袋現在來到五里霧的 center position 旁邊了。一樹・古泉，請你再進一步說明。更 dolce，更 adagio 一點。」

那些是烹飪用詞嗎。

「北村薰還曾經利用消去法和掛環法等詞彙加以說明，我在此就冒犯一下，用非常簡略的方式來解釋——加入『給讀者的挑戰』，反而會使得揭露兇手的過程發揮不出最大的效果。更進一步地說，就是根本不應該有。大概就是這麼回事吧。」

不知T怎麼想，我是完全聽不懂。

「這部分要讀過以後才知道，或者說想了解它就得在閱讀的同時去思考『國名系列中為何唯獨《暹羅連體人的祕密》沒有挑戰讀者』。只要將《日本硬幣的祕密》當成副讀本一起讀，我相信一定會有新的發現。還沒讀過這兩本的人，我強烈推薦。」

我何必挑那麼麻煩的方式來看，書本來就是挑喜歡的就好啊。

「一點也沒錯。」

古泉將手上的書放回書櫃，並說：

「但說了那麼多，我認為《暹羅連體人》沒有挑戰讀者還有另一個原因。」

「Oh～什麼原因？」

SOS團頭號帥哥對T微笑道：

「《暹羅》的舞台是被山林大火包圍的山頂山莊，是國名系列唯一真正的封閉空間喔。」

「是這樣沒錯啦，所以你想說什麼？」

「想想封閉空間的好處吧。故事人物去不了其他地方，也不會有別人進來，也就是犯人不會擴大成不特定多數，嫌犯必然會縮限在這個封閉空間內的所有人。」

「能少放一點角色呢。」

「這也是優點之一。人太多容易招致混亂，尤其是歐美姓名不好記。」

「我倒是很不會記日本名字。可是封閉空間跟沒有挑戰讀者有什麼關係？」

「既然嫌犯只限於這個封閉空間裡的人物，那麼讀者的推理就不需要超出這個範圍。以《邏羅》而言，犯人肯定就在這個無法逃離的山莊裡。所以我猜，說不定是從昆恩的角度來看，這根本簡單到不會想去挑戰讀者。」

「原來如此。你是說暴風雨孤島和暴風雪山莊都是用來製造氣氛並且減少登場人物，讓故事simplify 的 device 嗎？」

暴風雨孤島和暴風雪山莊我們都經歷過呢。拜託你們嚴加挑選對話內容，不要又讓春日想到新的封閉空間。雖然她不在這裡。

「話說回來。」

古泉向T微笑。

「妳認為『給讀者的挑戰』是為何而存在的呢？」

「是在說『只要仔細看到這裡就會真相大白，你們好好想想。不過你們這些 oil sardine head 恐怕沒辦法把我編織出來的妙計鉅細靡遺地全部解開吧，WAHAHAHAHA』這樣，向讀者高調表示他的游刃有餘吧？」

「會向讀者下戰書還把人瞧得這麼扁的推理小說作家應該很少。」

「不然是怎樣？」

「我覺得正好相反。」

「相反？」

古泉沒有直接回答，忽而遙想似的說：

「其實這個想法，是我前不久看了一本本格推理小說以後有感而發。」

有得扯了。

「有得扯了。」T說。

「那本小說有很重的解謎要素，是一本重視邏輯，王道路線的本格派推理小說。」

古泉望向書櫃。

「故事裡，偵探列舉出兇手所具備的五項條件，而所有角色裡只有A全部符合，於是犯人就是A。也就是用昆恩式的消去法找出了兇手。」

他的眼睛似乎在掃視長門文庫的書背。

「我們讀者當然會知道除了A以外沒有任何人符合這五項條件，因為書中沒有其他符合的人。可是，偵探為什麼會知道呢？」

「嗯哼～」

T眯眼一笑，說：

「讀者可以重翻摺口的角色一覽，不過身列其中的偵探就做不到了呢。」

「簡單來說就是這樣。現場並不是封閉空間，因此登場人物並非有限。或許有個不曾敘述過的第三者符合這五項條件啊，偵探要如何排除這一點？」

「他是怎麼做到的？」

「並沒有特別說明，所以讓我留下很強烈的印象。忍不住會去想，小說裡的角色不是作者也不是讀者，不過就是個登場人物，為什麼知道登場人物以外的人怎麼會沒人符合兇手的條件。」

「Hmm，那就是 so-called 的後期昆恩問題吧。」

「是啊。」

古泉深深頷首，但我還是霧煞煞。

「那麼，這裡正好有本書用非常簡潔的方式歸結了昆恩後期的問題，我就引用他的說法吧。」

他從書櫃抽一本下來，翻開說：

「冰川透的《倒數第二的真相》中，作者分身的偵探冰川透是這麼說的——

『（前略）國名系列中的「給讀者的挑戰」，與江戶川亂步說的騎士精神根本沒什麼關係，純粹是順應「邏輯需要」而誕生。

長話短說就是，作者超然於作品的層次之上，擁有任意建構任何鬼扯淡的自由度，可是這樣的自由度會瓦解公平性。因此，「給讀者的挑戰」就是用來限制自由度的裝置——不，更精確地說，是宣告自己已經自制了的裝置。』

還有——

『（前略）某條線索，讓偵探推導出犯人為A，然而這條線索會不會其實是兇手B預料到偵探會如何推理而留下的假線索呢──能以邏輯否定這點的材料，只存在於「作品之外」。畢竟身為書中人的偵探根本無從否定。到這裡，我可以很直接地說──在作品的世界裡，「理論上的唯一嫌犯」這種人，理論上不可能存在。這就是法月，或者說昆恩所觸及的破壞性結論。』

怎麼樣，是不是一目了然了呢？」

這個法月又是誰啊。

「法月綸太郎，堪稱現代艾勒里．昆恩的推理作家、一個優秀的書評，也是後期昆恩問題的提出者。」

古泉放回手上的書，又拿一本下來。

「詳細內容請參考這本《法月綸太郎推理教室　海外篇　複雜的殺人藝術》所收錄的〈早期昆恩論〉。」

這個書櫃什麼都有耶，該不會是用未來世界的四次元材料製成的吧。

「『給讀者的挑戰』不是只用來限制作者，對讀者也有作用。法月認為，『給讀者的挑戰』對於讀者的『臆測』，也就是以半賭博的直覺介入作者所建構的邏輯推論，起到有效的箝制作用。書裡寫到：『有了這樣的互相箝制，才能真正確立一個封閉體系，一個自我完結的解謎遊戲空間』。」

就不能講得淺白一點嗎。

「總之就是，讀者總會在閱讀過程中隱約感到某人是兇手，而就算真是如此，作者也不會覺得敗給讀者，根本不痛不癢。作者只是希望讀者以邏輯正確且優雅的方式解明真相並揪出兇手而已。」

我是不曉得搞這種挑戰到底有什麼意義啦，只覺得這中間有種對某個形式的強烈偏好在作祟。

「有這樣的了解就十二分地足夠了。」

古泉又挑出另一本書。

「後期昆恩問題引起很多迴響，例如有栖川有栖《江神二郎的洞察》中的短篇〈漫步除夕夜〉，作者分身有栖川有栖和江神學長有過這樣的對話——

『如果假線索會讓「偵探的完美推理變成不可能」，那不是很糟糕嗎？』

『在不知有何種資訊尚未揭曉的狀況下，不可能有完美的推理或推斷。推理小說外的世界不也是這樣嗎？或者說，正由於小說裡的資訊可以設為有限，推理的不可能性才是屬於現實世界這邊。在現實世界裡，我們即使一樣會遭遇難題，但還是有日常生活要過；警察與司法機構做不到完美無缺，但仍有一定的功能。我不認為我們有需要去做到肩負推理小說與亡那麼誇張（後略）。』

也就是說不需要太過自負的意思吧。」

推理作家除了構思手法和檢驗邏輯之外，還需要考慮這些拉拉雜雜的理論啊？真夠辛苦的。

古泉上癮了似的又換一本書。

「我們可以用非常直白的方式來總結這個江神學長的想法。石崎幸二的《記錄中的殺人》中，有一個依循特殊規則犯案的連續殺人魔。替兇手作側寫時，有過這樣的對白——

『可是啊，如果兇手知道側寫是怎麼回事的話怎麼辦？要是兇手的行動和現場跡證都是他故意留下，想誤導警方側寫出另一個人的話怎麼辦？偵辦人員不會知道那究竟是不是兇手故意留下的吧？』

作者分身石崎幸二聽了回答：

『這是哥德爾問題啊，也就是本格推理的死胡同。一樣的道理。』

然後另一個人物是這麼回的：

『就是因為開始採用側寫以後才會造成哥德爾問題吧？這麼說來，既然現實案件一樣會產生哥德爾問題，那麼本格推理會有哥德爾問題不就是應該的嗎？』

這裡的看法與江神學長幾乎相同，並藉由側寫的例子讓讀者更容易理解。就算是虛構的故事，只要是以現實為根基，那個世界就得遵循現實的法則。聽起來是理所當然，可是沒有按照這條路走的作品其實很多很多。這樣明講出來並不是沒有意義。」

從話題脈絡來看，可以推出哥德爾大概等於後期昆恩。

話說回來，作者跳進書裡湊一腳好像很普遍，本格推理也是私小說的一種嗎？

「關於與作者同名的角色，請容後再述。」

古泉請我稍候之後將小說放回書櫃，這次抽出一本B6大小的雜誌。

「若要舉個更極端的例子，二階堂黎人在這本雜誌的專欄〈邏輯的聖劍〉中提到——

『探討名偵探有多大特權的「後期昆恩問題」，說穿了不過是作家或偵探偷懶的藉口，以及源自作品性質的裝置，好讓名偵探發動推理這思考活動。根本就是個假議題。』

直接把它給一刀兩斷了。」

雖然有點太直接，不過切割得這麼乾淨，感覺也頗清新的。與其費心在那邊鑽牛角尖，不如什麼也別想，大膽打出下一步棋還比較好的事其實也很常見。就像正與棋盤大眼瞪小眼的朝比奈學姊那樣。

「是叫奧卡姆剃刀吧。在某些時候，這樣做是能得到很高的成效，可是鑽牛角尖對某些類型的讀者而言也是一種益智遊戲。不過我們也不得不承認，對於這圈子以外的人來說，這種思考活動其實無關緊要。」

有自覺還算好，所以無所謂的意思嗎。

「挑一個比較不同的看法的話，深水黎一郎《大癌見警部事件簿》第七章〈河魨毒素連續毒殺案〉裡的刑警有這樣的感嘆——

『所以說以後推理小說的角色腦袋也要夠柔軟才行！想避免陷入後期昆恩問題，我們就得時時懷疑自己所得的資訊完不完整，正不正確，還得不時設法去跳脫自己的思考框架啊！』

說成這樣，已經算是一種玩笑就是了。這個刑警知道自己是小說世界裡的角色，所以可以完全跳脫出來說話。可是反過來說，小說角色若沒有這樣的條件，就不允許有這樣的發言。」

該怎麼說呢，一定要做到這種程度才行嗎。難道本格推理作家這個人種，都是一群樂於用苦行僧那種方式賺錢的怪咖嗎。

「說起來，後期昆恩問題是從數學命題『哥德爾不完備定理』衍生而來的。所以我要補充一下，有些人因此認為這樣的東西用在哲學論究上也就算了，恐怕不太適合拿來構築小說。」

古泉將引用書籍歸回原位。

「那我們言歸正傳。」

原本在講什麼？

「『給讀者的挑戰』的存在意義吧。」

T好像還記得。

「Herr古泉，在並非封閉空間的狀況下，無法將嫌犯縮限為不特定多數人嘛。『給讀者的挑戰』跟這個邏輯有關嗎？」

「就是對這種作品特別有效。想將嫌犯限制在故事人物中，卻因為現場狀況或時空背景而做不到，搞不好還會一口氣擴大到全世界的人都有嫌疑。這下該怎麼辦呢——」

「插入『給讀者的挑戰』就好了嗎。這樣寫就 much better 了呢。就像秉持公平競爭的精神一樣，很親切地說『兇手就在至今出現過的人物裡』。」

「其實也不用寫得那麼明，只要插入『給讀者的挑戰』，讀者自然會受到誘導，下意識地設限。一般而言，根本不會有人認為兇手會是連個名字都沒出現過的第三者，喔不，就連作者都不會設定這麼空泛的兇手。那麼，會不會是作者故意要讀者這麼想呢？這也不太可能。如果要玩這種兇手不存在於角色之中的變格手法，那麼『給讀者的挑戰』反而打從一開始就沒必要存在。」

「所以是反過來利用作者和讀者之間的默契嗎。」

「畢竟以這種方式限定角色人數並不會讓作者自討苦吃，單純是防止嫌疑擴大而已。就像在說『很抱歉，因為一些緣故，我無法完全排除兇手不會是無名第三者的可能，敬請見諒』這樣。」

這樣就不像挑戰，而是辯解了呢。

「我是不打算說成這樣啦。」古泉說：「另外呢，含有『給讀者的挑戰』的推理小說，需要一個與作者同名的角色。挑戰必須是以這個角色的名義發起。」

「筆者等於敘事者這種有分 Queen 版和 Van Dine 版喔？」

T開口打岔。

「兩種都無所謂。」

古泉慢悠悠地解釋：

「附戰書的本格推理，無疑是作者與讀者間的益智遊戲。由於問題當然是由作者來製作，『給讀者的挑戰』必定是以作者的名義為之。倘若作者中途冒出來說些戲外角度的看法，不管怎樣都會削減讀者的代入感，將他們拉回現實。但如果這個動作是由故事角色來做的話會怎麼樣呢，不就可以自然地讀下去了嗎？與作者同名的偵探，或是華生這種角色的存在，可以讓現實與書中世界無縫接軌，或者說產生這樣的錯覺。」

經過一段沉思默考的時間——

「Mr. 古泉，我已經充分明白你的 mind 已經印滿了對於『挑戰』的 serious obsession。」

T含笑地說：

「但我可沒有這麼誇張，對『挑戰』的有無並沒有那麼計較。就算看直接就是 whodunit 的 Queen 小說也是如此。」

「畢竟昆恩特別去挑戰讀者的作品也只有國名系列和《中途之家》嘛。」

古泉聳聳肩。

「不過我倒是主張『給讀者的挑戰』這種方方正正的謎題，才是本格推理的首要條件就是了。」

「甚至還做出這種結論啊，感覺像原理主義者一樣，a little 很難 just so 耶。」

我花了一點時間才把 just so 轉成接受。

T視線一轉，問道：

「長門同學，妳覺得本格推理需要什麼條件？」

「不會不公平。」

長門答得又快又短。

「那是必須公平的意思嗎？」

給古泉的回答，是沉默。

「…………」

「啊，我好像懂了。『不會不公平』和『必須公平』並不相等。」

T一臉破解了長門想法的臉。

「也就是說，她的意思是只要不在文中說謊就行。喔不，應該說就算說謊，只要是多方思考之後就能看破的謊就無所謂。」

古泉對推研社員攤開右掌問：

「第一人稱的小說設定成敘事者會夾雜謊言，不能完全信任這樣，是沒什麼問題。但若是第三人稱上帝視角的小說，就不應該這麼做了吧？」

「以長門同學的 statement 來說，這樣也沒關係。就算第三人稱的敘述文裡出現假資訊，她也看得出來吧。」

「這樣的想法恐怕太過頭了點。要是本格推理界有教廷這樣的組織，肯定會認定妳是異端呢。」

「程度像長門同學這麼高的話，從字裡行間看破作者的意圖，一定比拗三歲小孩的 arm 還要簡單。況且——」

T換口氣說：

「說到底，第一人稱和第三人稱其實是一樣的東西。第一人稱是以角色的視角來敘述，第三人稱則是作者的第一人稱，只是省略了主詞而已。」

「那麼第一人稱等於是作者、角色和讀者的三方會談，第三人稱可說是作者與讀者的對談吧。」

「應該說——」T繼續解釋：「第三人稱上帝視角的文體相當於作者的第一人稱，所以怎麼敘述都隨作者高興，某些人就會加入謊言和誤導。」

「這樣太自由了吧。但如果有登峰造極的敘事陷阱，說不定真的會是那樣。」

差不多了吧。

朝比奈表情變得很認真，似乎總算拿定主意。

「嘿！」

短短一個吆喝，她將棋子輕輕地擺在棋盤上。然後往裝棋子的紙板蓋伸手，將裡頭東倒西歪的木製棋子抓幾個起來，上下左右看了三輪以後——

「來，給你。」

才以壯士斷腕的表情拿一個給我。我將這個留有她些許體溫的木棋握在手裡約三分鐘左右，但棋局就快結束，其實沒什麼好拖的了。於是我沒有想太多，往十六個格子中的空位擺下去，完成了變則的四連線。

「啊！」

朝比奈學姊整個人往棋盤靠，眼睛睜得像三星廚神煎的優雅太陽蛋黃那麼圓。

「對喔，你們還有這個朋友。我又輸了。」

遊戲要到我做出宣告時才算結束，於是我讓她有點哀傷的微笑撞著胸口——

「Quarto。」

將關鍵字說出口。

以上便是梅雨氣息已能擾鼻的春夏交接時分，ＳＯＳ團滅團長加一社外人士之一景。

朝比奈學姊結束與我的第五盤之後忙碌地到處打轉，準備泡茶。

她不忘收走T的客用茶杯，將裝新茶的茶罐當至寶似的抱在懷裡，將熱水壺放到瓦斯爐上。能在放學後欣賞這治療系女侍溫柔賢淑的模樣，真是一大享受。

昨天玩了古泉照例帶來的「德國蟑螂」，可是朝比奈學姊實在很不會吹牛，心虛到不行地說：「這是蒼蠅。」看臉就知道能不能抓。於是我故意不看，結果出沒幾張牌就發現聽得出來了。我果然厲害，說是朝比奈學姊的專家也不為過吧。

「請用。」

學姊笑咪咪地將茶杯擺在我面前，也替聚在房間一角交換無謂專業意見的三人奉茶。

古泉和T站著接茶道謝，又隨即操起善良百姓所無法理解的危險字眼開始議論。長門看都不看擺在身旁桌位上的茶。話說我從來沒看過她在社團教室裡喝茶，可是她的茶似乎都會不知不覺減少。是趁所有人都不注意時偷喝，還是用更神祕的大宇宙喝茶法攝取的呢。

話說回來，T這傢伙到底要在這待到什麼時候？她一放學就來還向長門借的書，然後就站著和古泉跟長門……九成九是和古泉邊喝茶邊聊，到現在都不累。難道推研社全是放任主義者嗎。

奉完所有人的茶之後，朝比奈學姊坐到我面前的位置，雙手捧起自己的茶杯呼呼吹兩口，輕輕一吸。

「涼宮同學好慢喔。」

「都是這樣啦。」我看著空著的團長席說：「不過今天她在教室有跟我說要做什麼，說是美化股長要開會什麼的。」

「原來她也有愛整潔的一面呀，新發現呢。」

「我們班的股長是抽籤決定的啦，她可是馬虎得很。」

然而春日說不定是下意識作籤才會抽中美化股長，拜託不要搞鬼喔。

我很快就知道她其實沒有任何企圖了。

「美化股長總代表的話也太多了吧，三分鐘就能說完的事拖成四十五分鐘，也算是一種特長。我聽到一半就睡著了，所以還好，隔壁的一年級叫我起來時都還沒說完，才讓我真正嚇一跳。這樣太對不起其他認真聽的人了吧！」

我們的團長涼宮春日劈哩啪啦地叨唸一連串很不認真的話，氣勢洶洶地進房裡來，吊著眼角走向團長席。

「實玖瑠，拿茶來。不要太燙喔。啊，T妳來啦？不要客氣，儘管坐。我們的客人專用鋼管椅不是擺假的。古泉，你這樣一手拿茶杯擺什麼姿勢都不好看喔。有希，妳今天也很有精神嘛，不錯喔。然後阿虛！」

她對總代表的不滿似乎已隨碎唸散盡，瞪我的眼眸已是正常運轉的色彩。春日啟動團長席上的個人電腦，並問：

「我不在的時候有沒有什麼好玩的？」

當我還在思考該怎麼報告這風平浪靜到極點的近一小時——

『有～信～來～嘍～』

電腦傳出來信提醒。這段自製語音的來源正是朝比奈學姊，其他還有好幾種，有空再向各位介紹。

「哎呀，真難得。」

就連春日都顯得意外。

「有人寄信到ＳＯＳ團的信箱來耶。」

這網站自設立黎明期以來就幾乎沒發揮過什麼功能。想到居然會有個傻瓜對上ＳＯＳ團的電波，也想廣泛追尋全世界的神祕事件，不識好歹地將他想到的神祕事件寄過來，使我不禁擺起備戰架勢。

「奇怪，鶴屋學姊寄的？她怎麼會特地寄信到這裡來？」

春日歪起頭，聽了這句話的我頸骨也擺起斜線陣形。

那個鶴屋學姊？用電子郵件聯絡？而且是寄到用來堆灰塵的ＳＯＳ團直達信箱？這個最可能

不敲門就直接衝進來找人的天字第一號人物，怎麼今天這麼拐彎抹角？

我的疑問使朝比奈學姊稍稍舉起一手。

「鶴屋同學她前幾天就跟學校請假了。不、不是生病喔，是要出遠門。因為家裡有一點事，非得出國一趟不可這樣……老師也都知道了。」

「咦，這樣喔。」

春日邊操作滑鼠邊說：

「所以她是從國外寄回來的吧，就像寄當地風景的明信片那樣。」

但是她一口氣喝完朝比奈茶後——

「嗯嗯？」

竟把臉貼到了螢幕前。

「結果不是耶，還有附一個檔案。」

好奇的我也繞到春日背後，瀏覽郵件內文。

然後差點不小心叫出來。

太剛好了吧。

我望向訝異地看著我的古泉、長門和Ｔ三人。

好巧不巧，鶴屋學姊寄來的正是給ＳＯＳ團的戰帖。

春日代讀的郵件內文如下：

「呀呵～SOS團的各位，都還好嗎？我還是一樣有用不完的活力喔。

我現在是被不知道在來勁什麼的老爸拉著到處巡迴演出喔。在這些宴會上，我幾乎都是跟在老爸旁邊很不情願地擺笑臉，真的是無聊到有夠那個，快死掉了。沒法像觀光旅行那樣放鬆鬆，也不准我一個人到處閒晃，沒事就有空閒時間可是又不夠長，什麼都不能做。我知道定期拜會一些人是很重要啦，可是我真的很不喜歡他把我當作代理人或分身什麼的。

後來這樣的事弄到一半，我遇到了一個有點好玩的案件。嗯，就是這樣。所以呢，我想把這個案件混著一些旅行經過寫給你們看一下。這部分就去看我信裡的物件吧，文拙勿怪。到最後會出一個問題考你們，等你們解答喔。拜比。」

春日的聲帶模仿技術完美重現鶴屋學姊的聲音，怎麼聽都是她本人。大概是聽了太多推理小說怎樣怎樣的ＢＧＭ，都想拿來當詭計的伏筆了。

「哼～」

春日的雙眸燦起星光。

「鶴屋學姊還滿有心的嘛，怕我們無聊還從地球另一邊搞課外活動，找不可思議事件來出題考我們！阿虛，學姊還不是正式團員耶，要向人家看齊知不知道！」

這是怎麼回事呢。學姊不像是會特別怕春日無聊的人，她也沒義務向我們報告近況。最引人注意的還是所謂「遇到好玩的案件」，然後是「問題」和「解答」。

春日左擊滑鼠，開啟隨附的文件檔。

「這就是問題篇吧。會有什麼謎題在等著我們呢，好期待喔。」

說完就開始朗讀。

*

這是哪間飯店的宴會哩。

我快無聊死了。就算已經習慣老爸硬拖我來這種地方，無聊還是會無聊。

到處都是大叔大嬸，初次亮相打完一圈招呼以後我就沒事做了。我的工作真的就只是這樣，老爸一句辛苦了也不會說，一手端著香檳和一些地位和態度都很高的人有說有笑。這我也習慣了，把我晾在一邊反倒輕鬆。

後來呢，我就拿著一杯柳橙汁在偌大的會場裡閒晃。穿這種宴會用的禮服實在有夠彆扭，這種一堆花邊飄來飄去的明明就只是老爸自己喜歡，煩都煩死了。不管說幾次不適合我他都不聽。

途中我停下來，在一整片的玻璃牆前面看底下風景，可是兩秒就膩了。這裡大概只有三樓高，肯定沒什麼風景好看。有夜景倒還好，現在太陽公公還在天上用力發光呢。

所以我只好到會場最後面，坐在靠牆的椅子上休息一下。坐著不動也無聊，不過我肚子不餓，這裡的 buffet 又不太合我的胃口。吃的東西又不是貴就好。

後來我往角落走，發現已經有人了。

大概是跟我同樣遭遇吧。那個女生頭髮盤得很複雜，別上一件亮晶晶的銀飾，跟一個像是負責陪她的大姊姊坐在一起。女生的穿著跟我差不多，大姊姊卻是樸素褲裝，看得出多半是隨扈之類的。大姊姊不時會跟她說話，而她都只是一副悶悶不樂的臉，點頭搖頭而已。我懂，她跟我一樣，覺得待在這裡無聊死了。

所以呢，我決定跟她交個朋友。

我找張桌子放下果汁杯，跨開大步走向了她。近距離一看還真不得了，不是普通人啊，公主氣場嘩啦啦地淹過來。總之——

嗨！

我先這樣跟她打招呼。

妳也是被老爸或誰硬拉過來的嗎？我也是喔。大人好討厭喔，是不是把女兒當高爾夫獎盃啦。穿這種漂亮的宴會禮服，又不會讓裡面的人變成寶石。啊，妳很漂亮喔。沒有啦，我不是搭訕，我這個人不會說謊的啦。大概吧。這裡也沒有其他人跟我們年齡差不多的了，我們作好朋友吧！怎喵？

就這樣，我自顧自地說個不停，要跟她握手。

結果那個洋娃娃一樣的女生眼睛睜得好圓好大，嗤嗤笑起來。我那些話裡應該一個笑點也沒有吧。隨扈的大姊姊也傻眼地看著我。我那些話裡應該——算了，沒事。

我握住她伸出的手，她也站了起來。

笑咪咪地好可愛喔。天真無邪的笑容，果然還是比面無表情的撲克臉更適合人類。

「幸會，請多指教。」

我猜對了，聲音也很可愛。

那我們走吧！

我牽起那個女生的手，直接離開會場。隨扈沒有跟來耶，是因為我帶她走得太直接，讓她傻在那裡，還是知道我是誰呢？無所謂啦，只要沒人從閉鎖空間跑出來鬧我就好。

我就這麼牽著她快步離去，一段路之後才注意到兩人步幅有點差距而放慢速度，在通往一樓的電扶梯上回頭。

妳喜歡運動嗎？會不會打網球？

她歪歪頭回答：「也不是不打。」那就這樣嘍。

我們橫越大廳到櫃台去。好像吸引了很多住宿客的目光，應該是她很漂亮的緣故。

在櫃台，我詢問一身整齊制服的姊姊能否替我們安排相關事宜，而兼具親切與高雅的姊姊用並非只是職業用的笑容保證全都沒問題，立刻打電話聯絡。我向她道謝後，牽著小公主噠噠走出大門。

我倆的鞋跟發出的聲音就像在合奏一樣。

會不會太順利啦？也對啦，飯店的人肯定都知道我的姓氏。這種時候，有個我什麼都不用多說就能替我擺平一切的名字真的很方便。當然，這不是我努力的成果，一點也不值得驕傲，可是它也讓我遇過很多煩人的狀況，偶爾利用一下也不為過吧。現在也不會想改名，太麻煩了。

說著說著，我們來到飯店附設的網球場。我是在宴會上有看到網球場才提這個議的。

進了服務中心來到更衣室，長凳上已經整齊放好兩組球衣、球鞋和球具。不愧是一流飯店的服務人員，不只是動作快，還很確實。球鞋合腳得像訂做的一樣。

她攤開和我同款的球衣，開心地笑了。可是想換上去時，卻被我制止。

難得有這個機會，我們就穿這樣打吧？

「穿禮服？」

她很懷疑的樣子。

嗯，球鞋當然還是要穿啦，衣服就保持這樣吧。讓上面那些人看我們穿這種輕飄飄的禮服打球，告訴他們我們不是洋娃娃，已經是想要跑跑跳跳的微妙年紀。應該會很好玩吧？

她那雙似乎在表明堅強意志的眼眸，注視我一會兒後放鬆下來。

「好哇。」

幸好她能懂，讓我鬆了口氣。

我們手拿球拍來到球場，沒有其他人在打球，完全是包場狀態。只可惜我們只需要一個場就夠了。

我將發球權讓給她，簡單暖身之後踏上紅土球場的底線。

對角線上的她檢查手感似的用球拍彈幾下球，往我看來。

隨時ＯＫ。

見到我的信號，她便拋高了球，發得非常像樣，甚至嚇了我一跳。要是反應再慢個零點二秒，就要被她ＡＣＥ了。

我倉促回擊，球勉強落在邊線內側，真幸運。她似乎也很驚訝，反手擊回。唔呀，這球漂亮。不像是雙腿被禮服侷限的人打得出來。

我追上這個對角球瞄準中間打，而球回來時溫柔許多，我也往她好接的地方打。盡在不言中呢，我們兩球就放下得分的事，以純粹打給對方接為樂。

對打一陣子之後，我往不知道在高什麼的飯店瞄一眼，有好多人在宴會廳的玻璃牆邊看我們打球。會不會都是聊到無話好聊，拿穿宴會禮服打網球的我們下酒呢。被我料中嘍。

每當我們失誤，就換邊發球繼續對打。觀眾變多了耶。看不出老爸在不在那裡面，不過他已經不會對我做的事大驚小怪了，更別說只是打打網球。這部分就彼此彼此了。

這場搖曳裙襬的愉快網球持續了很久。雖然目的只是對打殺時間，可是她還是免不了想過過招的樣子，球往邊線銳利地刺過來。這樣我就不能再保留力氣，要死命追球跑了。如果要加旋沿邊線打回去，就不該穿這種衣服，留到以後認真打再說。所以差不多該喊停了。

於是我將她的抽球往上方彈，等掉下來用手接住。

她表情愣了一下，馬上就笑了。心有靈犀真棒。

「都這麼晚啦。」

那不是看手錶說的，就只是太陽西斜了。宴會廳的觀眾抱歉啦，表演結束了。

「好好玩喔。」

她輕喘著氣走來，隔著球網跟我握手，稱讚彼此。

妳網球好厲害，該不會是請職業選手當教練吧？

我只是開開玩笑，她卻很乾脆地點了頭。

她大概就是那種，每天要上很多課的人吧。網球、鋼琴、小提琴、芭蕾、馬術、游泳，就這些吧。我沒什麼想像力，只想得出這幾種豪門課程。

「差不多啦。」

我與表情鬱悶的她並肩走回服務中心，直往更衣室去。

脫下禮服，感覺就像終於能伸展羽翼的妖精一樣。她摘下髮飾解髮寬衣的模樣，還真的讓我以為見到妖精了。

我們到淋浴間沖去汗水和塵埃，圍著浴巾回到更衣室。擦光全身水珠，用暖風吹乾頭髮後，我見到她不捨地抱起禮服，便對她說：

拿錯了啦，我們要換的是球衣。她顯得很訝異。

「穿禮服打球，打完了才穿球衣？」

沒錯！就是故意反過來，覺得好玩嗎？再說打了那麼久的球，禮服弄得好髒喔。

「好髒喔～」

我和她相視而笑，穿上飯店禮賓小姐替我們準備的球衣。這真的比滑溜溜的禮服好穿多了，球鞋也是。

不穿的禮服和鞋子放在這裡就好。不過嘛……

借我一下喔。

我取得她的同意，拿起髮飾。就只是個純銀的精緻髮飾，沒什麼特別的。應該不是它吧。

再提起鞋子仔細觀察。設計簡約但不失貴氣，沒什麼裝飾品。八成也不是。

那禮服呢。袖口上有鈕釦，每邊各有三顆純裝飾的無用鈕釦，總共六顆。

我把臉湊近袖口，果然從味道分不出來。於是我用指尖一顆顆地敲。喔？一顆聲音不一樣耶，這是怎麼回事呢。

不像是單一固體，好像包著不同材質的東西。

「不會吧。」

她也把頭湊過來。

「竊聽器？」

這想法切實地透露了她的生活環境呢。

竊聽器太過分，大概是GPS追蹤器。

「追蹤器？」

就是用GPS鎖定位置，回報到某個地方的裝置。

「哎呀。」

她優雅地捂嘴驚呼，真的很有大家閨秀的樣子。

「妳怎麼知道？」

因為有一段時間，我的衣服也被裝過類似的東西呀，可是每次都會被我找出來丟掉。最後變成我跟老爸在鬥智的感覺，很好玩喔。他真的是想盡辦法把追蹤器偽裝成各種東西裝在我身上給我拆掉。

真虧他能為一個追蹤器下那麼多苦心。多虧他的訓練，我現在才能乾乾淨淨。除非他把我弄昏，直接埋進我身體裡。

有愛擔心的父母，就是會過得辛苦一點。不過我也不是不懂父母怕小孩出事的心情啦。得到她同意後，我拔掉了裝有追蹤器的鈕釦。看到我用虎牙咬斷縫鈕釦的線，她用手背掩著嘴秀氣地笑。她會覺得我很粗魯嗎？

「再來要做什麼？」

先回飯店吧。有點渴，想找飲料來喝。

她聽了有點沮喪，是以為要帶她回宴會廳嗎。

沒有啦，不是回那裡。

我嘰咕嘰咕地咬起她的耳朵。

她隨即恢復笑容，跟我一起拿起禮服鞋子離開服務中心。

我邊走邊往上看。從這裡看不見宴會廳，亦即那邊看不見我們。從宴會廳只能看見網球場，服務中心到飯店這段路位在死角。這我在廳裡已經確定過了。

我們就此堂而皇之地走正門進飯店，抱著禮服的球衣雙人組一進門就吸引了許多注意。有個大叔像是剛退房，一手提著行李箱離開櫃台走向門廳，路上對我們淡淡一笑，我們也微笑回禮。

錯身時，我將拆下的鈕釦偷偷塞進了他的西裝口袋。三秒後回頭，大叔已不見人影，也沒人在注意我們。放慢監視錄影應該抓得到，但目前是鴨子落水，沒在怕。

我們若無其事地向之前的禮賓小姐道謝，順便請飯店協助清理我們的禮服。

對了，一顆釦子是我們自己弄掉的，請別在意。

姊姊同樣畢恭畢敬地一口答應。再會啦，我們的禮服，暫時不想穿上你們哩。

再來我們大搖大擺走進電梯違逆重力，幾分鐘後來到我房間。鑰匙卡只拿來開門，先不放進牆上的電源插槽。

我從冰箱拿一瓶葡萄柚汁倒進杯子裡給她，她等我也倒一杯再一起一口氣喝光。

然後坐在床上亂七八糟聊了一大堆，像家裡的事啊什麼都聊，光是這樣就讓我們好開心。我是很想一直聊下去啦，可是不曉得那顆鈕釦能幫我們爭取多少時間。把追蹤器塞給別人這種小伎倆，根本騙不過我老爸。

對了，躲床底下吧。

「咦？」

她眼睛圓到我也嚇一跳。

對呀，他們遲早會找到這房間來，躲床底下太原始，搞不好反而會成為他們的盲點。就取名叫那個吧，失竊的信作戰。

於是我們化身為蜥蜴，肚子貼地扭進床底下，逗得她咯咯笑著說：

「我是第一次到床底下耶。」

我倒是鑽過很多地方。跟她不一樣，漸漸在失去新鮮感。

我們就這麼肩擠著肩趴著，在黑暗中找話題亂聊。哎呀，真是太開心了。

聊著聊著，睡魔朝我發動攻勢。昨晚我翻來覆去就是睡不著，雖然之前都沒影響，可是在暗處一趴就招架不住了。

不知不覺地，我整個睡著了。

等我醒來，我已經躺在床上，棉被蓋得好好地。窗外完全黑了。

她不在房裡。

只有桌上兩個空玻璃杯，證明她曾經存在般——呃，存在般……嗯，想不到。

我拉棉被蓋住頭，閉上眼睛。

在迅速發酵的回籠覺中，我這麼想。

真想再見到她。

＊

春日一閉上嘴，寫上沉默兩個大字的布幕就籠罩了文藝社社團教室。

運動性社團不知在激昂什麼的吆喝聲，和管樂社銅管樂器的噪音感覺好遠好長。

我見誰也不說話，便斗膽代言所有人的心聲。

「然後呢？」

「沒有然後，到這裡就沒了。」

春日邊動滑鼠邊說：

「沒有其他附檔，信的內文就那麼多，也沒有半個連結。她也沒有再寄新的信過來。」

等等，鶴屋學姊不是在信上說「最後會出題考我們，等我們解答」嗎？問題在哪裡？

「對呀，感覺有點怪怪的耶。」

春日難得擺出沉思的臉。

「古泉，你有什麼想法？」

「這個嘛……」

古泉一手捧茶站著說：

「可說是很有鶴屋學姊的風格吧。充滿了積極又橫衝直撞的行動力，以及淘氣的搗蛋心理，讓人覺得很可愛呢。」

「我要聽的不是這種讀書心得啦。」

春日不留情地回答，一口喝乾應已涼掉的朝比奈茶。

「話說古泉、T，你們兩個要站到什麼時候？趕快坐下。」

古泉旋即拉開放在角落的訪客專用鋼管椅，彬彬有禮地伸出一手請T坐下。見到髮色耀眼的推研社員慢條斯理地坐下，他才坐進自己的位置。

這就表示T要待很久了。嗯，有件事得問。

「T，妳認識鶴屋學姊嗎？」

與我同班的交換留學生往我投來不偏不倚的視線。

「那當然認識啦。Kita High School 的 famous girl 鶴屋小姐，只要是人類，nobody 不知道。」

我可是草地棒球找她來湊人數才知道這號人物的存在。

「阿鏘啊，對我來說，你這樣才 incredible 呢。」

聽起來像很遜的廣告標語。笑我無知沒關係，拜託別叫我阿鏘。我絕不是希望妳叫我阿虛，可是那種稱呼實在教我全身奇癢無比。

T聳個肩彈開我的抗議，端起訪客專用杯喝幾口。

「不然要我叫你鏘米嗎？」

我不得不認為問題根本出在我們無法溝通上。

當我沉浸於看破紅塵的境界時——

「我知道了！」

春日一蹬椅子猛然站起。我在她眼中發現把天狼星、南極老人星和大角星全塞在一起的光輝，彷彿在等人問她知道些什麼了，結果還是誰也沒開口。

「妳知道什麼？」

「這是敘述性陷阱！」

聽了春日說出的字眼，古泉、T和長門等讀書心得會三人組耳朵似乎抽了一下。

「咻咻性？」

我沒有幻覺也能看見小聲低語的朝比奈學姊頭上冒出問號。

「去年作社刊的時候，阿虛不是寫了一篇像戀愛小說的東西嗎？就是那個自作聰明的東西。」

妳選那個主題本來就強人所難好嗎，叫我寫那種東西幹什麼。

「這樣說會招惹誤會喔。」

古泉帶著爽朗微笑加入對話。

「古時候《日本書紀》的〈神功皇后〉章節也有使用過這種技法，血統純正呢。可以看出當時的編撰者為了和俗稱的《魏志倭人傳》等中國資料的紀錄取得整合下了多少苦心。」

先別說他搬出這種說法厲不厲害，我連是真是假都不知道。

「那麼，鶴屋學姊的文章裡哪裡有敘述性陷阱呢？」

春日胸有成竹地答道：

「我一不小心就照鶴屋學姊那樣去唸了，其實我從這裡就已經掉進了她的陷阱。」

得意地挺高胸部的團長大人用力斷言道：

「這篇文裡的『我』並不是鶴屋學姊！」

「原來如此，是這個方向啊。」

古泉以不太同意的表情說：

「妳是認為她從一開始就設下陷阱嘍？」

「她大概連我會模仿她的方式唸也算到了吧。不愧是鶴屋學姊，成功逮到我了呢。SOS團名譽顧問不是當假的。」

是否名副其實我沒意見，有點瘋癲倒是真的。這先擺一邊。

「等等，我覺得不是耶？這個『我』怎麼聽都是鶴屋學姊啊……」

然而春日卻說：

「證據就是從頭到尾沒提到名字，就只有『我』跟『她』這些人稱代名詞。這可是敘述性陷阱的基礎呢。」

管他基礎還奧義，要是「我」不是鶴屋學姊那會是誰啊？這樣就變成她故意寫一篇主角不是自己的故事寄過來耶。

「錯了，阿虛。這同樣是鶴屋學姊自己的經歷。」

怎麼說？

春日嘖嘖嘖地在面前搖動食指。

「你還不懂啊？『我』在宴會上遇到，後來一起玩的那個『她』才是鶴屋學姊！」

最好是啦。空口無憑，拜託拿出點證據。

「要說的話，就是直覺吧。」

這種東西哪叫證據。就我來看，那篇文裡每一個第一人稱主詞都擺明是鶴屋學姊。

「所以啊，她是寫成會讓我們誤會啦。不然怎麼算陷阱？」

就算這樣，妳說的「她」＝鶴屋學姊這個式子一樣怎麼看都不是鶴屋學姊啊。

「證據呢？」

我對沒有用「直覺」作答的自己感到驕傲。

「首先呢，我根本無法想像鶴屋學姊會乖乖坐在宴會廳角落的椅子上。」

春日的笑容一絲不紊。

「說不定她就是會在人多的地方裝乖喔。她出席這場宴會不是因為跟家業有關嗎？而且又是跟著爸爸來的，很可能是在公事場合拿出相應的應對進退吧。」

「第二就是文中的『她』話實在太少，我不認為這麼木訥的鶴屋學姊會真的存在，再加上端莊秀氣的印象太強烈。學姊身上哪裡挖得出這些東西，妳說啊？」

「進了上流社交圈，鶴屋學姊再皮也會懂得改版吧。人都有表裡兩面的啦。」

可是文裡寫「她」是臭著臉坐在角落耶。

「人總會有藏不住情緒的時候嘛。」

「第三，這也是最重要的一點。」我繼續說：「就當妳說得對，『她』是鶴屋學姊好了，那麼這個『我』就必定是學姊以外的人。」

「那是當然的啊，你想說什麼？」

「這麼一來，就等於這世上還有另一個像鶴屋學姊那麼 high，說話也像她的人存在，妳敢說我都不敢信。有兩個那種人哪受得了。」

「說得也是。」

真沒想到春日會同意得這麼乾脆。

「這麼說來，說不定是這樣——『我』跟『她』其實都是鶴屋學姊。」

竟然說出更跳躍的話了。

「呃……？」

這時，朝比奈學姊露出「茫然」的標準表情，讓人好想存進電腦當永久範例。

「所以這不是鶴屋同學寫的嗎？」

「不，一樣是她寫的。不是說阿虛說得對，可是我也不認為還有誰會用這麼特殊的文體。」

「呼咦？那樣的話，為什麼鶴屋同學要自己寫別人的故事寄過來呀？」

「這我就不知道了。」

春日坐回團長席，發現手裡的茶杯已經空了。

「實玖瑠，再給我一杯。要熱一點。」

「好～」

立刻切換成服務模式的實玖瑠學姊心裡，似乎已經完全拋開之前那個疑問。對她而言，或許是泡茶大於解謎吧。

春日拄著臉頰似看非看地盯著螢幕，朝比奈學姊匆匆忙忙準備熱水壺和茶壺，古泉和T一起抱著胸，擺著往斜上傳送視線的姿勢，感情真好。

而長門則融入了社團教室的陰影，就只是默默讀她的書。

當我開始覺得房裡瀰漫起這件事到此結束的氣氛時——

「先等一下。」

朝比奈學姊定在原處。跟她解釋我不是制止她奉茶後，我問：

「回到原點，這真的是問題嗎？如果是，那我們要解答什麼？鶴屋學姊沒有寄後續來吧？」

春日動動滑鼠。

「好像是。」

如果這篇鶴屋文真的藏有某種謎題，那就應該問問比我或春日更懂的人有何看法吧。何況這裡正巧有一位，還是推理研究社的呢。換言之，她肯定是這方面話題的專家。

「要我出點意見嗎？」

T的唇放開她細細啜飲的訪客專用茶杯說：

「我想先聽聽長門同學的想法。妳覺得怎麼樣？」

長門從書頁泛黃的長方形書本中慢慢揚起低垂的視線。

「……還不夠。」

然後只是淡淡地這麼說，又變回讀書雕像。

誰來翻譯翻譯。

「阿鏘，你怎麼聽不懂長門同學的意思？她想說的是，目前的可能仍是星羅棋布，missing 太多 data，不足以 converge 出真相。」

能從三個字超譯出這麼一長串的妳實在教人佩服啊，妳直接說資訊不足不就好了，尤其是第一句根本多餘。

Ｔ一臉聽不下去地搖搖頭，彷彿是以肢體語言表現她明白長門的話多有意義，我聽不出來有多悲哀。事實上，長門能與ＳＯＳ團以外的人成立對話是件近乎奇蹟的事，這傢伙才是傻傻不知道自己經歷了一場奇蹟吧。

別上髮夾的瀏海隨Ｔ搖頭而晃動。仔細一看，髮夾似乎沒有行使它固定頭髮的功用，就只是一種增添美觀的附屬品而已。

不久，Ｔ像是對我做膩受不了的表情，視線離開了我。

「話說古泉同學，你應該能 present 一些推論吧？」

「是沒錯。」

古泉彈彈瀏海說：

「事實上，這篇文章肯定是藏有某種敘述性陷阱。但如果說這名第一人稱的敘事者不是鶴屋學姊，恐怕有點太大膽了。」

這時我使個眼色。

「我是不至於去懷疑這個『我』並不是鶴屋學姊，因為我不認為她會設這麼陰險的陷阱。我們就別想那麼多了吧。」

「哼～」春日從朝比奈學姊手上接過新茶。「那麼，鶴屋學姊是在打什麼主意？確定有陷阱沒錯吧？」

「畢竟她不太可能會無緣無故送一篇什麼也沒有的日記過來嘛。」

她是個說不定會窮其一生當個野丫頭的人呢。

「因此，我們先回到信件本文的地方。鶴屋學姊是以『遇到有點好玩的案件』為前提，可是『我』和『她』的溫馨交流只是比較異於常人，算得上案件嗎？」

「算得上案件的也只有『我』把GPS追蹤鈕釦塞給陌生人那裡而已吧？」春日說。

「我想那只能算是惡作劇，還不足以稱為案件。請各位再仔細點閱讀鶴屋學姊的信，她說『混著一些旅行經過』，對吧？」

「對喔。」

春日想通了似的彈指。

「那這段『我』和『她』的邂逅真的就只是背景故事的樣子。」

什麼狀況？

「阿虛，你還記得吧？鶴屋學姊信上說『到最後會出一個問題』。」

我當時沒認真聽，不記得那麼多耶。

「這是說——」

春日臭屁地挺直了背。

「鶴屋學姊附帶的這篇文，並不是這樣就結束了，還會有續集。也就是還沒有『到最後』。下一封信應該快來了，要到最後才會出題的啦。」

為什麼要特地空一段時間？

「就是先傳一個序章來，看我們會不會上當吧。我們現在就已經整個被騙，討論成這樣了不是嗎。沒什麼被整的感覺就是了。」

我不是很能接受。送那篇文過來只是煙霧彈嗎？感覺不太對耶。

「是啊。」

古泉也來幫腔。

「我也是這麼想。重點的問題是還在這之後沒錯，但斷定鶴屋學姊這篇文就只是描述事情經過未免太早了點。」

「大概吧。」

春日的笑法像是在挑釁我們。

「具體上是哪裡奇怪？」

古泉也回以微笑。

「現在，我們能斷定『我』就是鶴屋學姊。這個『我』和不明大小姐『她』的所有行動，都帶著滿滿的稚氣，說白了就是像小孩子一樣。」

「就是啊。為了讓人晚點發現而躲進飯店床底下這種事，以高中生的體型來說很難吧？」

「另外就算是鶴屋學姊，要在那麼多人圍觀下穿禮服在室外打網球也會卻步吧。如果那是現在發生的事，那個『她』恐怕也不會同意得那麼快。」

先不提「她」，我倒是覺得鶴屋學姊不管過去未來都不會去計較服裝，別說網球，籃球跟藤球都照打不誤。她搞不好早就練就了無論如何都不會讓人看見重點部位的絕世神功。

「ＧＰＳ追蹤器也是如此。看樣子，『她』家也是能與鶴屋家媲美的大財閥，可是再怎麼擔心小孩，在衣服上裝那種東西也太過分了，而且沒經過同意。如果是高中年紀，至少會先問過才對。」

「沒有取得同意，就表示——」

古泉順著春日說道：

「我就是因此開始懷疑的。這真的是鶴屋學姊現在的經歷嗎？」

問到這裡，即使駑鈍如我也懂了。

古泉悠然替換手腳位置，並說：

「涼宮同學直覺感到這篇文裡有敘述性陷阱，這點並沒有錯。只是人物並沒有替換，而是時間遭到錯置了。這不是鶴屋學姊最近遇到的事，而是更久以前，多半是小學時代的事吧。只是寫得像是最近發生，好比現在旅程中的經歷一樣。」

小學生躲床下還躲到睡著，就沒那麼奇怪了。令我想起自己的妹妹。很可惜，我妹不懂網球，過的也是與社交界無緣的生活，輪廓與這個不知名的「她」對不起來，不過我曾經看過她和我們家的貓三味線睡在壁櫥裡不止一次。為何專挑我房間的壁櫥就是謎了。

「文裡沒有謊話。」

T自囈似的說：

「然而沒有挑明線索，也不能因此斷定它並不公平，是嗎？長門同學妳說呢？」

長門沒答覆T的提問，只是用她纖細的指尖翻動書頁。

春日將雙手放在腦後，仰靠椅背盯著電腦螢幕說：

「隨便，反正很快就能對答案了吧。下一封信應該就快——」

『有～信～來～嘍～』

時機準得彷彿能透視房裡狀況一樣。

朝比奈學姊軟綿綿的數位語音告訴我們下一封鶴屋文書的到來。

春日讀出的內容如下：

「嗨嗨～先讓我對連續信彈轟炸說聲抱歉。先前的附件是我旅行時發生的事沒錯，但你們應該也猜到了，那其實是距今七年前的事。這幾天我實在很無聊，就想起了以前同樣無聊時遇到的事，不小心沉浸在回憶裡了。後來想說機會難得，就把它寫下來寄給你們看。如果寫出來卻沒能看，寂寞的頻率就稍微高一點了。簡單來說，就是想說給別人聽啦，就只是這樣。反正我認識的團體裡最閒的就是你們了，而且我覺得春日喵你們應該玩得起來。我說對了嗎？」

古泉答對了呢。

不過這位SOS團的首席帥哥沒有大肆炫耀自己的才智，只是淡淡苦笑著傾聽春日的聲音。T抱著胸，將目光焦點對在房裡的空氣上，長門的視線不曾離開腿上的書。

「咦？咦？」

就只有朝比奈學姊一個個查看我們的表情，仍是狀況外的樣子。

我不禁想像鶴屋學姊七年前是什麼樣。正好我有個小六的妹妹，可以拿來推測七年前迷你版的她，但腦袋裡就是組不起她孩童時期的模樣。總覺得，應該跟現在差不了多少。

「如果只是說以前的故事，你們大概會覺得很莫名其妙，這次我就附上去年秋天旅行的遊記喔。後來我和上一封信的她不時有機會見面，這次也是在老爸帶我去的地方遇到她。幸好這次行程比較輕鬆，可以悠哉地跟她玩。剛好那裡又是溫泉勝地，你們就一起慢慢聽我說跟她泡湯的事吧。開始嘍！」

春日到此閉上嘴，滑鼠一撇就點開附檔，文章顯示在螢幕上。

「這次應該會有比較有趣的事件了吧。」

她如此低語後稍微吸氣。

再度朗讀起鶴屋文書。

＊

這是哪裡的溫泉哩。

我背靠著天然岩石，泡在熱呼呼的池子裡。

頭上是無限透明的無垠晴空，偶爾像這樣大白天泡澡也不錯。

「放晴真好呢。」

身旁的她擺動著水裡的手腳說。

是啊。我要用視線射穿她的笑容般盯著她說。

這個她就是那個她。在之前的故事裡認識她以來，又在老爸帶我去的地方見過好幾次，感情一次比一次深厚。反正我們基本上跟老爸的附屬品沒兩樣，兩個附屬品就經常玩在一塊兒了。

如果有東西或地方可以玩，想排解煩悶就很輕鬆，但有時除了宴會廳和住宿設施以外還真的什麼都沒有，很不適合帶小孩子去。

像這種時候，我們就會投入在現實躲貓貓上。

規則很簡單，就只是想辦法讓大人找不到而已。

遊戲是從找出藏在彼此身上某處的GPS追蹤器開始。帶著那種東西根本沒法躲嘛。

跟上次寫到的一樣，我沒裝的可能比較高，不過還是有可能是我自以為沒有，姑且找了一下。

至於她呢，就幾乎是百分之百會有超小型追蹤器，執著到我都肅然起敬了。可以親眼見到科技日新月異的成長與革新，甚至有點感動。相信科學的發展，有一大部分是建立在父母對小孩安危的擔憂上。

每次看到追蹤器變得更小回來，就讓我有這種想法，有夠誇張。

目前最難找的是藏在鞋子裡那次。鞋子是訂製的，在組裝過程裡埋進了一顆米粒大的裝置。弄到不整個拆開就找不到的地步也太扯了，到底在想什麼啊。

當時我們真的不管跑去哪裡都會被抓到，最後只好脫光光只穿鞋子到處晃，結果她的隨扈還是直奔而來，我們才確定裝在鞋子裡。

只要知道位置，處理起來就簡單了，放進微波爐叮一下就搞定啦。這種電子裝置都很怕強烈電磁脈衝啦，無鞋可換時就要用到這招了。可是！電視機前的乖寶寶不要學喔！你們的鞋子裡是不會有追蹤器的。

於是呢，他們後來都不裝鞋子裡了。現在想想，搞不好是我們為了破壞發訊器而只穿鞋子到處跑實在太糟糕的緣故。請原諒我們年紀太小不會想喔。

但他們並沒有因此放棄追蹤我們的位置。手法機關造型能變就變，讓我們一併見證了追蹤業界的進化史，每次找到也都超感動的。

順道一提，把追蹤器塞給路人這招已經玩過太多次，早就不管用了。他們看到訊號往不合理的方向移動就會直接忽視，一點效果也沒有。

所以有一次，我們反過來利用這點，沒有拆下追蹤器就大搖大擺走出去。我題名為失竊的信作戰第二彈！

老爸他們還以為我們又來那招，無視訊號位置先從附近找起。

那次我們隨便搭便車，拋開父母啊家世的束縛，放飛自我呼喊自由。至於她的超高級追蹤器，當然是在下車時送給好心的駕駛當謝禮。

幾個小時後，在陌生街道狂買小吃亂吃一通的我們，被她的隨扈和我老爸的祕書之類的一大群人圍捕回去了。聽說他們還出動直昇機追車子跑哩。這次真的有跑得太遠一點，我們還是有做做反省的樣子給他們看啦。

那麼我想說什麼呢，大概就是自由是需要爭取來的吧。嗯，好像說了很棒的話。

「真的是這樣呢。」

她惆悵地這麼說，並撩起被泉水沾在額頭上的瀏海。真是美極了。

「我好羡慕鶴屋小姐妳喔，妳都很自由的樣子。」

我真的是想盡辦法在享受人生的自由時間喔，因為我並不是看起來這麼自由。來這裡泡溫泉，其實也都還在家業的延長線上。不過如果不是因為這種限制，我也不會認識妳呀。真的是人生在世禍福難料，塞翁失馬焉知非福呢。

「是啊，能認識鶴屋小姐，我也覺得好幸運喔。在那之前，陪父親出來都只是無聊而已。雖然不是每次都能遇到妳，可是有現在這樣我就已經很開心了。」

我也是喔，謝謝妳每次都陪我跟大人玩現實躲貓貓。

「哪裡。鶴屋小姐妳跟我說的事每次都很有趣，妳的校園生活好像很快樂耶。」

學校是還好而已，不過裡面倒是有一大堆好玩的學生。大家簡直像是說好了來念這間學校一樣。

「鶴屋小姐，妳沒有加入任何社團吧？」

嗯，我這個人好像不太喜歡加入團體什麼的，比較喜歡自己一個到處亂走亂看。這樣腳步會比較靈活，鑽來鑽去也容易發現一些有趣的事。而且沒有加入團體，別人有事想找我也會比較沒有顧慮的樣子，讓我過得很開心喔。

「唉。」

這是嘆息吧。她長得驚人的睫毛垂了下來。

「妳是憑自己的意願決定這麼做的吧？我連選社團的自由都沒有。」

妳是什麼社啊？

「古詩朗讀社。」

李白或一休宗純那種？

「不是，是哥德或波特萊爾那種。有時也會有勃朗特的。」

妳不喜歡朗讀西洋詩的樣子呢。

「對呀，是父親逼我的。雖然我沒義務聽從這種事，可是我爸捐了很多錢給學校，理事長和校長就聽他的指示把我塞進那裡去了。」

令尊喜歡詩詞啊？

「我從來沒看過他吟詩，挑那裡多半是因為那裡最無害吧，社員含我在內就只有幾個女生而已。因此，我用一個無謂的抵抗來洩恨……」

到這裡，她淺笑起來。

「我都叫那個社團『死詩人社』。」

我覺得應該是某個玩笑，但我不懂哏。

可是。我說。

妳應該不是討厭爸爸吧？

「對。」

能夠答得毫不猶豫也真厲害。

「雖然他很嚴格，他對我的好卻比嚴格更多。我對他只有感謝，不至於討厭。」

我老是帶她做出像逃家的事，但她父親從來不曾要我遠離她，也沒有要求我老爸這麼做，這樣的寬宏大量實在教人敬佩，而且他都是笑笑就算了呢。老實說，我也很喜歡這位叔叔。

「可是啊……我還是覺得社團好歹要讓我自己選。」

她沮喪起來也很美。

「我上的高中以校風拘謹聞名，不允許太自由奔放的社團活動。」

這樣太無聊了吧。如果是我認識的那兩個學弟妹，應該不管校規綁得再死，都能建立形跡可疑，像在瞎鬧但實質上卻會大鬧一場的原創性社團吧。然後會像旋風一樣把周圍的人全都捲進來，搞得人仰馬翻。是吧，你們兩個？

「下次要跟我說他們的事喔。這樣聽來，他們好像是很有意思的人呢。」

來這裡之前，我們學校剛好有校慶，他們當時也做了很多誇張的事喔。我也有請他們讓我參一腳，結果我都沒想到自己有這麼多種情緒，又驚又笑的呢。

「呵呵。」

她用食指第二關節抵唇微笑，美得讓人豎大拇指啊。

「能上好玩的學校真的好令人羨慕喔。」

嗯～如果不算他們，其實無論我還是學校都不值得她那麼羨慕的眼神耶。國外的月亮每個都是古色古香又大又圓。

然而，我也知道她對自由這個狀態有永無止境的憧憬。我們是老交情了嘛。

我明知失禮也往她右邊看去。和我一左一右夾著她的人半身浸在池裡，努力擺著一張撲克臉。

經過這幾年的過招，我跟她的隨扈也處得很熟了。此時隨扈也毫不鬆懈地如影隨形跟著她。

想不到會跟到露天溫泉裡來哩。

做到這種地步，當然會覺得自由很遙遠。

如果是為了監視有逃亡癖的我們才這樣，我也只能賊笑了。

「大小姐。」

至今都扮演沉默觀眾的隨扈出聲了。

「您應該玩夠這池溫水了吧。能請您考慮在千金之軀著涼之前休息嗎？」

「知道了。」

她將下巴泡進池裡。

「我會考慮的，行了吧？還有就是不要叫我大小姐，尤其是在別人前面，很害羞耶。」

「大小姐。」

隨扈仍不死心。

「這座溫泉所主打的美膚效果，無疑在很早以前就已經發揮了十成十的效用。在不才眼中，二位潔淨的身軀甚至散發著神聖的光芒。」

「這樣啊。」

「若再追求進一步的美，恐怕會惹來天上女神的嫉妒。假如這裡是古希臘，惹奧林帕斯山的女神發怒是肯定會有災禍的。」

一句「趕快出來」被掰得這麼囉哩囉唆，不過我還滿喜歡這種拐法。

「這裡又不是希臘，而且不是諸神的時代。」

她沒好氣地回答。

「難道我連決定什麼時候出溫泉的權利也沒有嗎？」

「大小姐……」

隨扈無奈搖頭，側眼往我看。

這是至今有過很多次的暗號。當她突然耍起脾氣，隨扈就會用這個SOS信號求我幫忙。我們沒有事先約好，是隨扈不知不覺自己養成的習慣。搞不好這是因為她有我陪的時候特別容易耍脾氣。難道我是催化劑嗎？真的是這樣嗎？那我就發揮一點責任感給隨扈看看吧，誰教我是催化劑呢。況且我也有點被拍到馬屁的感覺。

說實在的，我們是泡了很久的溫泉沒錯。或許行程上還有不少餘裕，也總不能都耗在水裡。對了，聽說人類在進化過程中也曾經是水棲生物，像海獺那樣到處漂喔。我覺得是唬爛的。

「……既然鶴屋小姐妳都這麼說了。」

她竟然聽話了。

儘管嘀咕得不情不願，她仍斬斷不捨站了起來。

「我們走吧。」

她的曲線美得會讓人看傻眼呢。

在搖晃的小浪淹過來之前，我和隨扈都隨她而去。

快步跟隨她的背影時，隨扈對我稍稍鞠躬。

話說這隨扈的身材也真夠兇狠的啦，走在一起的我簡直跟豆芽或筆頭菜沒兩樣。

我輕輕揮手致意，豎耳聆聽啪啪啪的腳丫聲。

一出浴就感受到秋風的涼意。要是不快點穿衣服，搞不好一下子就要著涼。

於是我加快腳步，與她並進。

還以為隨扈跟在後面幾步——但也持續到進室內為止，那人轉眼就超過我們衝進脫衣間，大概是要趕在我們之前穿戴整齊吧。

我不禁與她相覷，查看彼此臉上泛起的微笑並踏入脫衣間。

接下來只是一般的浴後慣例，我就長話短說了。

拿浴巾擦乾身體，用暖風吹乾頭髮，換回原來的衣服後大口喝冰涼涼的綜合果汁。到了外面，見到隨扈已經在門外等待我們，換上比較休閒的服裝大概是為了方便活動吧。

滿滿是害怕比我們晚出來，就會被我們溜掉的味道。我們倆都前科累累，會這樣想也是沒辦法的事。

三人一起離開溫泉館，載我們來的專車司機已在此恭候。那是我們的下榻飯店安排的。她似乎很習慣司機開門迎接這種事，以極為優雅且毫不拖沓的動作坐上真皮座椅。

等我和她都在後座坐好，隨扈也在副駕駛座就定位後，司機便動作流暢地發車前進。接下來一路上都是走鄉間道路喔。

隨扈不時看看手錶，給司機施加壓力。當一路遵守速限的車子稍微開始加速時——

「距離晚上的懇親會應該還有段時間。」

她插嘴說：

「我想多看看這附近的風景。」

不用看也能感到司機放鬆踩油門的力道。

「大小姐。」

隨扈以清溪般的清涼聲音說：

「我們現在就已經脫離行程了。每次想到您隨時可能遭遇意想不到的意外，我的心就會被拉到距離安心最遙遠的位置，在幽暗的森林裡徘徊遊蕩。我事前不是再三叮嚀過，請不要做出脫離我們細密行程的行為嗎？」

「這樣還好吧？都來到溫泉勝地附近了，就算不讓我伸展翅膀，伸個腳也不會怎樣。」

「大小姐，這也叫做附近嗎？從二位下榻的飯店搭馬車到這裡起碼要半天耶？請感謝內燃機的發明者開啟工業革命後的世界。」

「我是不太能接受在現代拿馬車出來做比喻啦，要謝誰啊？」

「雷諾或尼古拉斯・奧托就好了吧。」

「我向他們獻上無盡的感謝。行了吧？」

「應該是夠了。」

這個嘛，別看她跟隨扈這樣對話，其實感情好得很喔。關係肯定不是雇主與傭人那麼乾。如果我這麼說，她的臉就會跟著垮下來，但她承認兩人關係親密。這次隨扈也是一邊很禮貌地埋怨，一邊替我們安排溫泉行。

後來車子跑了多久啊？流經窗外的樹林與山巒忽然斷絕，車子進入城鎮之中。四周綠意盎然，感覺比較接近村莊一點。

途中車速忽然整個慢下來，不曉得怎麼了。

我從後座探出頭，查看擋風玻璃另一邊的景象。

「怎麼了？」

她也跟我同樣姿勢。

路上擠滿了人。仔細一看，全都是以奇怪的打扮在路上走，像變裝遊行那樣。

「不像是提早的萬聖節遊行耶，有慶典嗎？」

她興致勃勃地看看周圍，說道：

「司機先生，能靠邊停嗎？」

尖銳的「大小姐！」立刻飛來。

然而——

「根據我的錶，我們還有兩小時的空閒時間。要是直接回飯店等宴會，恐怕會睡著。難道是要我用剛睡著的臉去問候父親的朋友嗎？」

我老爸就不會在意這種事吧。

「只能一下下喔。」

從隨扈百般不願卻仍輕易折服，也能窺知兩人有怎樣的關係。

司機在路肩找空位停車，我和她各從後座左右降臨大地。

車外飄揚著輕快的音樂，那簡樸活潑的旋律當場就成了我的上選。從音質來看，應該是現場演奏，還伴隨著澎湃的歡呼。

我和她就這麼尾隨變裝隊伍邁開腳步，隨扈當然也跟來了。

話說我看不太懂這隊伍的變裝主題。

有群小不點穿戴魔女般的披風和尖帽，讓我以為是安息日什麼的，結果還有許多女生穿得像歐洲古代的村姑一樣。

幾個體型壯碩的男人背負著像是用樹皮編成的大簍，裡面裝滿了像是水果的東西。

扮魔女的小朋友用手上棍棒朝籃子恣意揮舞，嘴裡還唸著像是咒語的話。到處都不見南瓜頭，可見果真不是日期出錯的萬聖節遊行。

混在隊伍裡走著走著，音樂與歡呼愈來愈大，讓我很快就了解這是某種慶典。

我們來到像是城鎮廣場的地方，一道簡易拱門般的擺設迎接我們。變裝隊伍隨音樂踏著腳步，陸續穿過拱門。

拱門上釘了一塊木看板，寫著：

『秋收祭例行活動．踩葡萄小姐搭檔大賽開放報名！非常歡迎臨時參賽！』

大批鎮民……說村人好了，他們以笑容、喝采與演奏樂器歡慶隊伍的到來。

廣場中央擺了個巨大的盆子，那些壯漢將他們背後大簍裡的東西全倒進去。不用說，那都是一顆顆圓滾滾的葡萄。魔女們的咒語大概是想讓葡萄更香甜。

忽然一陣歡聲雷動。

作村姑打扮的兩個女生光著腳丫踩進盆子，配合音樂跳舞般——應該說她們就是以跳舞的方式踩起葡萄來。

原來如此，有聽說過。不過用大家踩出的果汁做葡萄酒大概只是噱頭，實際上還是會用正式方法壓碎葡萄。是吧？

這麼刻意去強調異國風情的活動，會是刻意營造特殊慶典以作為振興鄉鎮的一環，還是這本來就是例行公事呢？只是看這幾眼難以辨別……嗯，會是哪邊呢。憑感覺是一半一半。

總而言之，我們遇到了這地區像是豐年祭的節慶。

她看得很認真，看得出踩在葡萄上的每一腳，尤其是隨之噴濺的汁液都不停地挑動她的好奇心。

「您該不會……」

隨扈的語氣不只是無奈，已經是眼神死了。

「該不會是想參加這個不只是有點粗野的活動吧？」

「鶴屋小姐？」

好哇。

「那我們就去報名吧。」

走嘍。

既然講好了，這種事就是先做先贏。在隨扈以肢體阻止之前，我和她已經像松鼠那樣一溜煙跑到設於廣場角落的報名處說她想參加。顧攤阿姨笑咪咪地拿出帳簿似的本子，看來只要寫個名字就能參加了。

老實寫下本名的我們倆，接下來是前往阿姨所指的類似活動中心的一樓建築。

隨扈仍跟在我們背後，嘴裡唸唸有詞，像是在針對古今女性的不檢點行為進行一場哲學性的自我論證。晚點再問有何結論吧。

她敲了敲門。

等人應門後，我們才從沒關的門鑽進去。

如果說活動中心似乎也充當臨時置物室和更衣室，聽得出裡面的雜亂狀況嗎？

裡面有幾個女性，都忙著換衣服和聊天。

橫桿衣架吊掛好幾件和外頭踩葡萄搭檔一樣的服裝，旁邊像是管服裝的阿姨用估測的眼神注視我們三十秒左右。

最後取下衣服要我們當場換穿，結果尺寸真的剛剛好。

涼宮春日的直覺
谷川流
插畫／いとうのいぢ
團長
©Nagaru Tanigawa, Noizi Ito 2020

和驕傲地頻頻點頭的阿姨開心擊掌後，我慢慢打量迅速換上新裝的她。這裡沒擺鏡子，我只好替她檢查有沒有穿好了。

「怎麼樣？有沒有哪裡怪怪的？」

「簡直是從印象派畫作裡走出來的呢，大小姐。」

不管怎麼看都是完美變裝成中世紀歐洲村姑的淑女喔，一點也不奇怪。

她用頭巾包住頭髮，吊高一邊嘴角笑給我看。真靈活。

「鶴屋小姐，妳穿起來也很好看喔。」

還記得當時，我很想讓實玖瑠也穿穿這種適合跳奧地利山區民族舞蹈的衣服。比起我，實玖瑠一定更適合和她站在一起。

服裝阿姨說，叫到名字之前，我們待在這裡就行了。

剛好這時，外頭拿手持麥克風的主持人用如雷音量呼叫下一組的名字。

在我們之前的兩位女孩笑得花枝亂顫，有點靦腆地往門口走。

想預習的我們也跟到了門口去。

她們赤著腳，走過從門口鋪到巨大葡萄盆，像是紅地毯發生元素變異的走道。踩葡萄前，先用水桶仔細清洗膝蓋以下才算就緒。

主持人再度報出她們的姓名，眾人一片歡騰，音樂奏起，踩葡萄也要開始了。

看樣子，葡萄和盆子也會隨新隊伍更換。

好耶，可以瘋狂踩爆新鮮的葡萄。

等到下下隊才輪到我們。

主持人使盡吃奶力氣大叫我們的名字，我們也帶著自然不造作的笑容，勾著彼此的手走出去。

在戶外赤腳走路就是會讓人很愉快。像麻編成的粗粗地毯踩起來好舒服。

我倆各舉一手回應喝采，走向眾人圍觀的大盆。

照規矩洗淨雙腳後，我們翩然降臨盆中。有生以來第一次感到葡萄在腳底扭曲潰散，讓我有點感動。

場邊樂隊隨之奏起慷慨無比的ＢＧＭ，我們的腳也隨這快節奏的曲子不由自主地動起來。拎起裙襬，有樣學樣地即興踩著葡萄 dancing in the vat。

她也像是被我傳染，暢快地動作。拎裙的姿勢何其高尚，輕盈的腳步何其優雅，笑容歡暢卻又用足了力氣踩踏葡萄。彷彿在宣洩平日的鬱悶，踩得噗噗響。

果汁飛散，我倆光溜溜的腳丫霎時染成紫色。

不知何時來到最前排的隨扈見到這一幕，好像都要昏倒了。

「天啊，大小姐。您這樣真的真的太粗俗了。」

「不要在這種地方叫我大小姐。」

「要是老爺見到您這副模樣，不知道會說多重的話。」

「拜託請閉嘴好嗎？」

她嗤嗤地笑到連肩膀都搖動了起來。

歡笑的她乘著旋律，如葡萄精靈般舞動。腳下踩著葡萄，而且開心極了。

我也配合她的動作。

這裡沒有穿得漂漂亮亮，在富麗堂皇的廳堂裡跳舞那種拘謹。

就只是將根植於人類生活中對季節恩惠與自然的原始敬畏打包在一起的，只屬於我們的舞會。好像能窺見巫覡信仰的冰山一角呢。

如果有這樣的旁白，可能會更有氣氛喔。

快樂轉眼即逝。

跳舞時間從曲子開始到結束，原以為大概有三分鐘，但甫一回神樂聲就停歇了，只留餘韻縈繞耳際。

我和她都跳得有點喘。啊啊，是一種很棒的運動呢。

我看著她的腳，她看著我的腳，指著彼此哈哈大笑。

然後在掌聲與歡呼中跨出大盆，用冷水桶洗腳，返回活動中心。

影子般的隨扈不時看錶仰天碎唸，說不定是在擔心會引來豐收女神的嫉妒。熱衷於踩葡萄舞曲的她就是這麼有魅力。

我無視於背後隨扈的自言自語，從活動中心的門縫溜進去。

聽服裝阿姨說，等所有挑戰者都秀完踩葡萄舞以後，評審會發表比賽結果。後面還有好幾組，最少還需要一個小時。

如果獲選踩葡萄小姐，將獲得豪華獎品和一份紅包。要等嗎？

「別參加評選了吧。」

她邊脫民族服裝邊說。

「對不起，我們還有行程要趕，就先退賽了。可是我們玩得很開心喔。」

她對阿姨鞠躬道歉後轉過身來。

「有機會的話，我想再來一次。明年的行程有空嗎？」

「既然是明年的事，多得是時間可以調整。真正的問題是，要是老爺知道了這件事該怎麼辦。」

「父親很喜歡鶴屋小姐，只要有鶴屋小姐陪著，不要太誇張的話都無所謂吧。」

那真是太榮幸啦。從小帶她調皮搗蛋到現在還沒把我當問題兒童，是因為妳爹爹胸襟寬廣如海，還是我們搗的蛋還太嫩啊？大概兩者皆是吧。話說回來，以我們現在的年紀來說，老是搞這種無傷大雅的可愛惡作劇好像有點遜。

需要更上一層樓，學點更刁鑽的遊戲技能才行呢。不要問我為什麼需要，很難回答。

喔，也不是，想問就問吧。答案就是因為這樣比較好玩，就夠了吧。各位讀者應該會懂吧，怎喵？

換好衣服的我們將踩葡萄裝還給阿姨，整理行裝。

話說今天換了真多次衣服。等到晚上那場懇親會還宴會什麼的，又要穿上另一套服裝，而那一套肯定沒有剛才的民族服飾那麼舒服。

喧囂再度高漲，下一組挑戰者進盆了吧。樂曲鳴響，流進屋裡來。

從正門出去，說不定會害正投入於踩葡萄的挑戰者分心。在盆子裡踩那麼多葡萄是很難得的經驗，我可不想打擾她們，也不想引起注意。

所以呢，我們從後門溜出去了。

踏著氣氛與正面截然不同的綠蔭小徑，繞過廣場到馬路上。

我們花了點工夫才找到等待我們的車子而趕過去一看，發現司機攤平了椅子在打盹。敲敲窗戶叫醒他，他便跳起來讓我們上車。

發車後，她從後座扭身向後望，似乎在依依不捨地反芻那特異慶典的餘韻。但她坐回來與我對上眼時已不見愁容，還眨個眼睛微微笑。

「您還有哪裡想去嗎，大小姐？」

隨扈在這種情況下說這種話，完全是諷刺呢。

「沒有。」

她斷然搖頭。

「之後照行程來。」

「那就這樣吧。」

知道目的地的司機默默握起方向盤。

車子跑了一小段時間，載我們來到車站。

依人數購票前往月台，不知等車等了多久。

對號入座後，窗外風景流動起來，終於能喘口氣了。鄰座的她說：

「如果泡溫泉跟踩葡萄順序顛倒過來就剛剛好了呢。」

是沒錯，不過那座村子的復古角色扮演大會多半是一種祭神的慶典，如果當那是踩葡萄之前的淨身就沒有白費了，反而那樣才對呢。若能獻上出浴少女踩出的紅酒，酒神也會高興才對。

「這裡又不是希臘。不過是的話會更好吧。」

露天溫泉與地域色彩濃厚的葡萄收成祭典。

刻畫下些許回憶的土地逐漸遠去。

列車開始加速。

將我們送往遠在天涯的城市。

＊

春日結束長長的獨奏，寂靜又降臨社團教室。

足球社、棒球社和田徑社在操場擴張地盤，被趕到邊緣的手球社發出自暴自棄似的叫喊。離社團大樓較近的體育館充斥著籃球社與排球社兩大噪音源，感覺不到桌球社的氣息。管樂社還是老樣子，如啟示錄的號角天使從神祕位置吹著差勁的不協和音。

「然後呢？」

我在腦內遮蔽這些校內環境ＢＧＭ之餘，舊事重演似的問。

「沒有然後，就這麼多。到此為止。」

春日也以近似前一次的方式回答。

「如果這是問題篇，也未免太空泛了吧。可是……嗯……」

她難得擺出深思的表情，手拈下巴。

「有種難以言喻的怪耶。唸到一半，我就開始有種被鶴屋學姊擺了一道的感覺一直在跳。」

難道鶴屋學姊的文章有足以擾亂春日直覺的魔力嗎。若是這樣，請她寫個趕鴉符貼在垃圾場說不定有用喔。

我環視社團教室，長門不知有沒有在聽，低頭看著腿上的書。T翹腳歪頭，下意識地撥弄瀏海上的髮夾。

而朝比奈學姊依然是——

「咦？咦？」

左右看來看去，像是想了解我們的表情。

古泉思索一會兒，彈指切入鏡頭。

「原來如此，是這一型的啊。」

哪一型？

「我開始明白了。鶴屋學姊是要我們從這些看似平淡無奇的故事裡，找出潛藏其中的謎題吧。」

那鶴屋學姊第一封信內文裡的『有點好玩的案件』也不在這個故事裡嗎？

「恐怕是這樣。我不曉得這背後有怎樣的企圖，但鶴屋學姊的確是將那個案件押在後面，先將自己與『她』這個朋友的回憶傳給我們，並在文中設了些陷阱。然後我們要在下一封信寄來之前，解出那是怎樣的陷阱。」

第二封信很快就點破了上一篇的哏呢。

「阿虛。」

春日站起來，食指往螢幕一指。

「把鶴屋學姊的文檔給每個人都印一份。」

起先是覺得團員每個人都有自己的筆電，直接傳一份不就好了，但後來才想到這樣會冷落T。為春日也會有這種顧慮而驚訝的同時，我就座於團長席，下令印表機將鶴屋學姊第二個附件反序列印為六份，然後發現自己忘記吐槽她這點基本操作怎麼還沒記起來。

「啊，後面我來就行了。」

儘管朝比奈學姊應該讀不了我的心，她仍替我分擔工作，收取印表機吐出的影印紙並在右上角加釘，分成六份小冊子。

學姊圍裙洋裝裙襬晃呀晃地，將小冊子發到每個人手上，再把自己的留在桌上，動手準備沖下一壺茶。對她而言，那真的比解讀鶴屋文書重要多了呢。

這當中，我將座位還給春日，從頭閱讀這填滿十張A4紙的文章。

寫得很有學姊的感覺，腦袋裡彷彿能響起她的聲音。可能一部分是因為春日模仿得太完美了吧。且或許是聽過一次的緣故，讀得很順。

除了將滾水注入茶壺的朝比奈學姊以外，所有人都是相同的行動，而推研T首先抬頭說：

「我的日本現代國文還是連一茶匙的造詣也沒有。所以我想先問一下，鶴屋學姊的文章是依照一般日本文學的風格寫成的嗎？」

「文章裡是有些她獨特的用詞啦。」古泉說道：「但這在第一人稱的文體裡並不罕見，倒是有些地方會讓人多想一想……算了，這晚點再說吧。對了，我有個建議。」

古泉淺笑著豎起食指，然後是中指。

「我想把鶴屋學姊先前送來的童年記事稱為第一集，這次泡溫泉和踩葡萄的事稱為第二集，可以嗎？既然肯定還會有第三集，這樣比較好分辨。」

是沒理由反對啦。若問我在意什麼，就是這個鶴屋學姊遊記會有多少集吧。我不曉得學姊現在人在哪裡，希望她能在離校時間前搞定。

「就這樣吧。」

批准之餘，春日用原子筆在第二集上一行行地作標註。看起來，她對結尾部分的疑問比較多。她的表情比國文段考前五分鐘還認真，可見她有多想解開鶴屋學姊藏在第二集裡的謎題。

搞不懂她怎麼會這麼投入。

「阿虛，這是因為——」

春日盯著影印紙說：

「我覺得自己好像變成了這個陷阱的幫兇。」

她畫了線且反覆查看的，似乎都是各角色對話的部分。

古泉舉手請求發言。

「把第二集視為和第一集一樣，使用了某種敘述性陷阱當作大前提應該沒有錯吧？」

我、長門、朝比奈學姊和T以外都點頭了。

「第一集是要讓我們誤會她的年紀，可是第二集的時間很明確。鶴屋學姊在信上明示這是『去年秋天旅行的遊記』，遊記裡也寫到時間是校慶之後不久。」

「是這樣沒錯啦……也對。」

「咦？」

春日不知為何有所躊躇，用原子筆彈簧蓋那端戳著太陽穴說：

「實玖瑠，我想問妳最直接的想法。妳聽到最後有什麼感覺？」

抱著茶壺替桌上空杯倒番茶的女侍愣在原處。

春日捧起團長專用杯喝一口，檢驗茶溫後說：

「尤其是最後那邊，會不會覺得怪怪的？」

「這……這個嘛……」

學姊可愛地歪著頭，轉動杏眼探尋記憶。

「她們最後是搭電車去其他地方了嘛，到底要去哪裡呀？再來應該是要參加宴會……」

「就是它！」

「呀咿！」

學姊嚇得飛離地表一公分，但仍然沒放開茶壺。

「不愧是實玖瑠。一點也沒胡思亂想就直接問出來了，而且還是寶貴的看法。阿虛，要向人家看齊，培養一顆純真的心喔。」

朝比奈學姊的純度的確是絲毫不容懷疑，我乖乖閉嘴。

春日筆尖按在第二集最後一頁說：

「她們直接就跑去車站搭電車了呢。這怎麼看都很奇怪呀，因為鶴屋學姊、無名氏的『她』和隨扈是一起坐車去溫泉的。你看，這裡寫『載我們來的專車司機已在此恭候。那是我們的下榻飯店安排的』（p175）。」

可能是臨時出了狀況才會搭電車回去啊。

「會有什麼事，懸崖坍方堵住馬路嗎？那怎麼不寫出來，根本就沒必要藏吧。」

「根據內文，也能推測飯店到溫泉的距離呢。」

古泉跟著幫腔。

「就是『從二位下榻的飯店搭馬車到這裡起碼要半天耶？』（p176）這句。先不論隨扈心目中是怎樣的馬車，但基本上……」

他用自己的筆電搜尋資料，說道：

「假設馬車時速十㎞，半天十二小時等於一二〇㎞，以汽車平均時速六十㎞來說只需兩小時，走高速公路等收費道路有機會進一步縮短。無論如何，才兩小時車程應該沒必要特地換搭電車才對。如同『她』說『都來到溫泉勝地附近了』（p176），應該是搭車出去遛遛也無關痛癢的距離。」

「也就是造成矛盾了。第二集最後一行是說『將我們送往遠在天涯的城市』（p187），一般不會用遠在天涯來形容開車一下就到的地方吧。我實在不認為電車的目的地會是她們原先那間飯店那裡。」

所以是怎麼回事，隨扈不是希望「她」和鶴屋學姊盡早回到飯店嗎，怎麼會一起搭火車到完全不一樣的地方？

「所以說她們沒有在一起呀。」

春日剛注意到似的說：

「沒錯，上電車的只有『她』和鶴屋學姊。她們騙過隨扈，跑到不是飯店的地方去，把懇親會蹺掉了。」

「這麼一來，鶴屋學姊在第二集裡用了什麼敘述性陷阱就很明顯了。」

連古泉都一副解開謎題的臉，我還是霧煞煞。「她」的隨扈到底是何時消失的？

我翻頁重看最後一幕。

到車站以後的確沒有隨扈的對話，也沒出現在鶴屋學姊的敘述文裡。也就是說，她們是在下車到上電車這中間甩開隨扈的嗎？

「才不是咧。」

「不是。」

春日和古泉聲音都疊在一起了。古泉負責作表情，將發話權讓給春日。

「阿虛，你聽我唸的時候，是怎麼分辨哪句話是誰說的？」

當然是因為妳很貼心地運用了那渾然天成的變聲技術啊。模仿鶴屋學姊像得嚇死人，「她」和隨扈這兩個長相聲音都只能純靠想像的無名氏，妳也都用音調語氣分開了，根本不會搞混。

「就是這裡。」

假如嘆息有姊妹，那麼春日就是嘆得像小妹一樣。

「我先前說被學姊擺了一道，原因就是出在這裡。我自然而然就照原本那樣唸出來了。難道是學姊知道我會這樣做？不，應該不是，只是湊巧吧。但我還是成了誤導的幫兇，嘔死我了。」

我的眼從春日愉快又懊悔的靈巧表情轉到長門身上。她已將第二集擱置於桌面，回去讀她特別瘦長的黃皮書。

從那一如既往的靜謐儀態，看不出她是早已解開謎團，還是一點興趣也沒有。

至於應是這方面專家的推研T，則是搖晃著影印紙——

「漢字假名交摻的文字實在好難，真想知道日本人的腦袋是怎樣的construction。想出把phonogram和ideogram混在一起用的人實在so crazy。至少也要片假名或平假名選一個用嘛，怎麼create這麼一個囉哩囉嗦的系統荼毒後世啊。我一輩子都要詛咒那位先生，或是小姐。」

對我們的遠古祖先埋怨了一大堆。

春日等我視線掃過房間一圈回到她身上後說：

「你至少知道一、二集的文章有什麼共通特徵吧？」

鶴屋學姊說的話沒有加上下引號？

我沒有看第一集符號怎麼下，不過從春日的獨奏聽來，應該都是這樣處理。

「說得沒錯。學姊第一集這個把對話融入敘述文的文體，到了第二集就起了掩護陷阱的作用。所以我第一次讀就直接上當了。」

可以告訴我上了怎樣的當嗎，還有隨扈是什麼時候消失的？

「這兩個問題算是同一個答案，我簡單解釋一下。」

春日吸一口氣，鼓足了勁才開始說：

「我以為是隨扈的對話裡，其實有幾條是鶴屋學姊說的。」

我花了點時間才消化完這句話的意思。

低下頭，正好看見最後一頁。

「那『您還有哪裡想去嗎，大小姐？』（P186）這句是誰說的？」

我問。

「當然是鶴屋學姊啊。」

春日得意地答道：

「後面的『那就這樣吧』（P186）也是嗎？」

「也是鶴屋學姊沒錯。」

說得理所當然咧。

「是從哪裡開始的？鶴屋學姊為什麼要學隨扈說話？而且，怎麼這邊突然就加上引號了？」

無數個問號跳出腦袋，在頭頂上盤旋。春日和古泉一起用差不多的笑法看著我，好欠揍。

我反覆查看她認為是來自鶴屋學姊的兩句話，想找點線索，結果目光被另一行所吸引。

「先等一下，鶴屋學姊在『您還有哪裡想去嗎，大小姐？』之後的敘述文是『隨扈在這種情況下說這種話，完全是諷刺呢』（p186），這不就是前一句屬於隨扈的證據嗎？」

「鶴屋學姊的陷阱反而是在這一句才完全暴露出來的。」

古泉指著自己手上第二集的相同位置說：

「這句話是假設法，也就是猜測實際上沒有的事如果發生了會怎麼樣的文法。如果用更明確的語意來重寫這句話，就會是『假如隨扈在這種情況下說這種話，就完全是諷刺了』這樣。也就是說，隨扈並沒有說過這句話，且不僅如此，她根本不在這裡。鶴屋學姊是故意省略了這個部分，加工成不太會一眼就發現是假設的句子。」

「假設法啊。」

Ｔ的表情立刻明朗起來。

「那這樣我也懂了。」

她盯著印上鶴屋語的影印紙片刻，說道：

「If the attendant had said it in this situation, it would have sounded sarcastic.……翻譯成這樣就對了吧？」

「過去完成假設法是吧。」古泉點點頭。

我還是不太能接受。滿滿是廣告不實的感覺，對推研Ｔ來說這樣ＯＫ嗎？

「對我來說嘛，這個……某種無限接近ＯＵＴ的不ＳＡＶＥ吧。」

直說ＯＵＴ不就得了。

古泉緊接著幫Ｔ解釋：

「會這麼想，是因為妳翻譯成英語來讀的關係。鶴屋學姊是利用的日文特有的曖昧語法，日文的單數與複數沒有明確區別，有時動詞的現在式和未來式也很模糊，用口語來寫又會更嚴重。

妳看日文小說的時候，會不會經常有這種感覺呢？」

沒特別去注意過耶，不太懂。

「鶴屋學姊是故意利用自己就是劇中人的身分，把這句話寫在公平與不公平的交界上吧。尤其是『在這種情況下說這種話』的『說這種話』最為重要。這可以當作『說這種話的話』的簡寫，也可以直接當成字面上的意思。學姊是為了讓它模稜兩可，才刻意用這種方式吧。」

是啦，應該是這樣沒錯。可是你們也知道鶴屋學姊這個人，沒想過就順勢寫上去了的可能也不是零。於是我向文藝社社長徵求第二意見。

「長門，妳怎麼想？」

「不能說不公平。」

長門短短這麼說，就返回書名像是希臘哲學家演奏樂器的平裝書世界了。

「既然長門同學這麼說，我就當她的 friendly 吧。訂正成無限接近SAVE的不SAVE。」

T往微妙方向抽換概念後，古泉繼續主持。

「那麼，我們就來檢討鶴屋學姊究竟是從哪裡開始給自己的話加引號吧。」

「好哇。剛好阿虛講了幾個不錯的問題出來，複雜一點也沒關係，就從那些地方開始吧？」

我說了啥來著。

代言人古泉開講：

「在這之前，鶴屋學姊一概是以敘述文方式來處理自己的話，可是在第二集途中突然加上引號。對此，有以下三個疑問：

1．什麼時候開始的。

2．若是鶴屋學姊的對話，為何要模仿隨扈的口吻。

3．為何只有這裡特地寫成有引號的對話。

以反射性的設問來說，真是切中要點呢。」

我怎麼不覺得你在誇我。

古泉聳肩敷衍，翻動手上的第二集。

「首先呢，我們先挑出肯定是來自隨扈的對話吧。」

春日好像都標好了。

「從還在溫泉裡時的『大小姐』（P172）開始，到決定參加踩葡萄大賽前的『該不會是想參加這個不只是有點粗野的活動吧』（P179）這些話，都視為隨扈說的應該沒問題。因為這些話前後的『隨扈出聲了』（P172）和『隨扈的語氣不只是無奈』（P179）等描述都包含主詞，可以輕易分辨發話者是誰。」

「後面可疑的部分……就是從她們在活動中心換衣服開始吧。」

眾人一起翻開對應頁面，影印紙沙沙地互相摩擦，震動房內空氣，給我有種上現代國文的感覺。

古泉最早翻到，並說：

「像『簡直是從印象派畫作裡走出來的呢，大小姐』（P181）這句話，就沒有證據顯示是誰說的。當它是第一題的解答沒問題吧。」

「最後有『大小姐』，只看這裡會單純認為是隨扈說的話。再加上鶴屋學姊之前都是在敘述文說話，一時之間很難分辨呢。」

春日當時的確是以並非鶴屋學姊和「她」的第三者口吻讀這一句，所以我完全沒多想。事後重看一次，嗯……開始覺得有點怪怪的呢。

「我倒是很感謝小春。」

唯一的非SOS團員T說：

「對日文字 reading 不好的我來說，hearing 輕鬆很多。而且小春，妳的 voice 非常清晰，as if audio drama 呢。」

我也全面贊同T的感想，這傢伙做什麼都很行。

「謝啦，T。」

春日毫不害臊地回答。

「後面還有幾句疑似是隨扈說的？」

「我列出來吧。」

扮演春日忠僕的古泉開始挑句子。

「『鶴屋小姐，妳穿起來也很好看喔』（Ｐ１８１）這句其實也不太明朗，但從脈絡來看，應該是「她」說的，從此之後是——

『天啊，大小姐。您這樣真的真的太粗俗了。』（Ｐ１８２）

『要是老爺見到您這副模樣，不知道會說多重的話。』（Ｐ１８３）

『既然是明年的事，多得是時間可以調整。真正的問題是，要是老爺知道了這件事該怎麼辦。』（Ｐ１８４）

這三句，然後是之前說過的——

『您還有哪裡想去嗎，大小姐？』（Ｐ１８６）

最後是——

『那就這樣吧。』（Ｐ１８６）

總共五句。其實滿少的，不過文裡的對白本來就不多。」

一部分是因為這文章是鶴屋學姊用她特殊的語體寫成的，又很會劈哩啪啦一直說吧。

「所以這裡面哪些是隨扈說的，哪些是鶴屋學姊說的？」

春日彈指回答我的疑問形。

「沒那個必要。」

她將多半已經涼掉的茶一口飲盡。

「因為那全都是鶴屋學姊說的。」

叩地一聲，春日將團長專用杯放在桌上。

朝比奈學姊立刻一手提著茶壺出動，續上番茶。對她如此日益追求理想女侍形象的勤奮服務態度，我早已習以為常。當T第一次來到這房間，以奇異眼神注視這可愛學姊時，我才體會到文藝社裡有女侍是一般而言很不可思議的事。

夠了，朝比奈學姊的生態描寫就到此為止。

得先咀嚼咀嚼春日的話。

然而，呃……所以是怎麼回事？

我匆匆瀏覽第二集。

「進活動中心換衣服之後的對話……全都只有鶴屋學姊和『她』嗎？」

「對。」

隨扈聽到鶴屋學姊模仿她的口氣，怎麼都沒吐槽？

「因為做不到啊，隨扈又不在那裡。」

妳說什麼？

「正確來說，隨扈是不在活動中心裡面。然後不在從會場到車站的車子裡，也不在電車裡。」

她是多討厭裡面啊。我下意識想這樣回嘴，臨時吞了回去。

古泉指尖按在第二集上說：

「請看到這裡。她們第一次進活動中心時，是說『等人應門後，我們才從沒關的門鑽進去』（P180），而這時的『我們』只有鶴屋學姊和『她』兩個，隨扈並沒有進去。」

從哪看出來的？應該說，為什麼隨扈沒有跟她們一起進去？以第二集的感覺來說，這個隨扈不是負責跟監兼保鏢嗎？沒有不貼身跟隨的道理吧？

「第四個問題出來了呢。不過，可以先把這個問題放一邊嗎？」

我感到古泉的笑容裡摻了點人類的惡意，不禁挑起一眉。

「如果要掰個理由，禁止非參賽者入內之類的也行啦……」

所以你的意思是並不是這樣吧？

可是——

「也對，這一點以後再說也可以。」

難得春日從側面發動掩護射擊。看到她臉上近乎滿面的笑容，讓我感覺不妙。

「古泉同學，後面就交給你啦。」

春日吸兩口熱番茶，作壁上觀。

「那麼，我們簡單順一下疑點到最後的過程吧。」

古泉將第二集攤在桌上自己的空間說：

「就從鶴屋學姊她們進活動中心說起好了。總之在這個時間點，隨扈不在那裡面。學姊和『她』在這裡換好衣服，在隨扈的監視下進盆跳了一陣子的舞，又回到活動中心更衣，然後兩人從後門溜出去。」

這樣說我也懂了。

「鶴屋學姊和『她』就是在這裡甩掉隨扈的嘛。」

「應該是這樣沒錯，而這一點也明示了隨扈不能進活動中心。因此，『既然是明年的事，多得是時間云云』（P184）也是鶴屋學姊說的。後來由於『不想引起注意』（P185），所以『從後門溜出去了』（P185），她們離開活動場地。當然她們不想引起的其實是隨扈的注意。」

這麼說來，兩人為了逃離隨扈而搭的車是……

「那並不是飯店安排給她們去泡溫泉的車，完全是另一台車。『我們花了點工夫才找到等待我們的車子』（P185）也算是旁證吧。如果是來時的車，應該還記得停在哪裡。若是第一次見的車，對等候地點又只有模糊概念，找起來當然費時。所以這台車應該是鶴屋學姊或『她』瞞著隨扈安排好，要求在這個村子的那個時間地點等候。」

所以在回程上路過舉辦秋收祭的村子而勾起「她」的興趣這些，都是在演戲。

「鶴屋學姊和『她』，肯定早就調查好那天飯店與溫泉之間的山村有秋收祭和踩葡萄比賽。」

她們的行程看似想到什麼做什麼，其實安排的很高明呢。

「就是啊。文中以隨扈不時查看時間，來強調學姊她們悠悠哉哉，但事實上她們更趕時間。」

而且叫來鋪逃跑路線的司機好像已經在那裡等很久了，因為「司機攤平了椅子在打盹」（P185）。

「這也是一個提示。如果是也載隨扈來的那位專車司機，應該不會做出趁客人不在時打瞌睡那麼失禮的事。『她似乎很習慣司機開門迎接這種事』（P175）這句，也在暗示他們是不同司機。」

第二個司機好像不知道她們的身分。

「後來著墨不多，鶴屋學姊和『她』拋下隨扈和第一個司機後沒有返回飯店，也沒有出席那個……懇親會？搭電車到不知名的城市去追尋自由了。」

感覺不是漫無目的亂坐。我從頭再看一次第二集。

「現實躲貓貓」（P167）和「隨便搭便車」（P168）等敘述映入眼中。

「這篇第二集，是一篇兩人攜手擺脫隨扈的監視與GPS定位器的追蹤，逃離繁瑣家業，奔向自由的故事呢。」

古泉下結論般總結，拿起還沒碰過的茶杯。

原來如此，這下知道鶴屋學姊想寫什麼了。長話短說就是不想繼承家業吧，可是在我腦袋裡盤旋的疑惑可還沒退喔。

「是說你的第二個疑問吧。」

旁聽到現在的春日插嘴了。

「為什麼鶴屋學姊要學隨扈的口吻說話呢，古泉你怎麼說？」

「單從一、二兩集的敘述文看來，學姊好像都是以面對好朋友那種坦率且直來直往的語氣說話。不過那畢竟是學姊的心聲，說不定實際說起話來還是會像引號內容裡那樣端莊。能保證把心聲照實唸出來的，就只有鶴屋學姊一個而已。」

那有可能幾乎跟隨扈一樣嗎。

「這很難說啦，搞不好『她』家地位還比鶴屋家高呢。在我看來，學姊是在跟『她』開玩笑，才故意模仿隨扈的語氣。就是在調侃之中帶一點親暱的小玩笑啦。」

春日抽一張影印紙出來。

「你看看她們在盆子裡踩葡萄那時的敘述和對話。這樣寫就清楚多了。」

她輕快地舞動原子筆，寫出以下字句。

果汁飛散，我倆光溜溜的腳丫霎時染成紫色。

不知何時來到最前排的隨扈見到這一幕，好像都要昏倒了。

鶴屋：「天啊，大小姐。您這樣真的真的太粗俗了。」

她：「不要在這種地方叫我大小姐。」

鶴屋：「要是老爺見到您這副模樣，不知道會說多重的話。」

她：「拜託請閉嘴好嗎？」

她嗤嗤地笑到連肩膀都搖動了起來。

「從『她』回鶴屋學姊的話和反應，可以看出她們是在互開玩笑吧？如果她們後來都是維持這種嬉鬧狀態，那麼鶴屋學姊到最後都是用恭敬語氣說話就說得通了。」

我是很想反駁，但不知道該說些什麼。這個模糊不清的感覺是怎樣？

「有希呢？這樣通嗎？」

長門眼也不抬地說：

「沒問題。」

「看吧？」春日得意地對我說。

那T呢？妳不是推研社嗎，這樣行嗎？

金髮留學生以舞台劇演員般誇大到不行的動作站起來，一手搭在長門肩上。

「我也站在長門同學這邊，請算沒問題一票，謝謝喔。」

我心中的霧靄還沒散，但也只能服從多數了。畢竟我知道在這種時候，跟長門站一塊兒通常會比較接近正確答案。然而我還是希望能找到一個和我一樣悶的戰友。

朝比奈學姊像是根本放棄思考，把腦筋花在製作原創混搭日本茶上。說不定她這樣減少神經損耗才是正確的養生之道。

「再來呢……」

春日將原子筆當指尖陀螺轉動。

「就是阿虛的第三個問題，鶴屋學姊為什麼寫到一半突然把自己的對話加上引號是吧。話說阿虛，這種事有需要特別拿出來問嗎？」

這樣未免太隨便了吧，既然要加引號一開始就加，不加就維持到最後嘛。

「那是你自己的看法吧。」

這……是沒錯啦。

「反過來說，就是並沒有規定說不行。所以怎樣寫都是鶴屋學姊的自由，無所謂吧？我就不覺得有什麼不對。」

妳的標準也太低了。

「這是為了誤導我們吧，我想不到其他理由。」

古泉不假掩飾地替春日幫腔。

「我很少看推理小說，這種事常見嗎？」

「說到底，敘述性陷阱本來就不是故事裡的兇手用來欺騙偵探的詭計，而是作者直接欺騙讀者的手段。會有受騙的感覺也是當然的。」

「沒有犯規的問題嗎？」

「這樣說或許有點極端，但我認為不僅是推理小說，小說這文體本來就沒有一定的規則。我個人很喜歡作者夾一篇『給讀者的挑戰』讓我來好好猜兇手，但我心胸沒有狹隘到硬要把自己的喜好當作全球標準。再說，看小說還要時時注意所謂的規則，我並不認為是一件快樂的事。」

耳邊聽著春日和古泉對話之餘，我將視線轉向長門。

妳說呢，長門？

長門的眼從攤開的書頁緩緩升起，經過一秒這對她而言特別長的思考時間後——

「並不能說一定有問題。」

給出一個對她而言特別長的答案，又回去看書。

「我也是。」T說。「對長門同學 I think so。」

妳是長門教徒嗎。換個角度看，她也能算是宇宙邪神，不是什麼都可以亂拜喔。

古泉再度拿出主持人的樣子。

「既然長門同學都這樣背書了，我們就往結論前進吧。」

你把那當背書才讓我嚇一跳呢。

「乍看之下是三個人，事實上只有兩個人。如此混淆人數型的敘述性陷阱，即是第二集的手法──」

古泉留了個後續味濃厚的語尾，而春日接了下去。

「──但其實手法還不只這一個。對吧，古泉。」

「就是這麼回事。妳果然注意到啦。」

很高興你們這麼有默契。

「就是第四個問題啦，阿虛。為什麼隨扈沒進活動中心？這是你自己說的，自己要記好。」

隨扈身兼保鏢職務，不是應該片刻不離地盯著「她」嗎？就算那裡非相關人士禁止進入，也可以找理由硬跟啊。都跟到露天溫泉去了，小村活動中心的防禦力根本紙糊的吧。要是狠一點，說既然不能進去就不讓她們進盆跳舞也不奇怪。

「是吧？可是即使這樣，隨扈還是沒進活動中心，不管踩之前還是之後都沒有。」

的確是這麼寫的。

「鶴屋學姊和『她』在活動中心裡做什麼？」

這想都不用想。

「換衣服啊。」

「就是這麼回事啦。」

春日只是這麼說就結束證明似的捧起茶杯喝兩口，往電腦螢幕瞄。

「對答案的信差不多該來了吧？」

還嘀咕著這種話。

古泉帶著勉強看得出是苦笑的淺笑，裝作事不關己的樣子。長門在看書，朝比奈學姊在試喝剛煮好的混搭茶，T用彷彿已經得出解答的微妙賊笑看著我，像在等我發問。順她的意讓我很不是滋味，但為了排解說明不足的鬱悶，我也只好忍著點。

「這麼回事是哪回事？」

我照搬春日的話來問。

「你知道鶴屋學姊和『她』這兩個人，跟隨扈有什麼差別嗎？」春日問。

學生與社會人士。

「不是那種啦。」

主僕關係。

「也不是那種。」

騙人與被騙。

「你愈猜愈遠嘍。」

這場挑錯會有正確答案嗎？

「也不是挑錯，而是找出異類。她們之間的異類當然是隨扈，這是因為隨扈有個和她們倆截然不同的性質。」

春日用十瓦特的環保笑臉，吐口氣似的失笑。

「提示就是換衣服啦，這樣你的普通團員腦袋也聽得懂吧？」

鶴屋學姊和「她」在活動中心換衣服時，隨扈沒有跟進去，或者不能進去，抑或是不應該進去……

「不會吧？」

「嗯，大概就是那樣。」

「性別嗎！」

我全力扯開喉嚨大叫。

「這個隨扈是男的嗎！」

「你為什麼認為隨扈是女的？」

當然是因為她們一開始就一起泡露天溫泉啊，而且之前就是女的。

「就是說啊。還有很大一部分是因為我用女聲唸隨扈的對白吧。如果當時知道他是男的，我就用男生的感覺來念了。鶴屋學姊很好模仿，可是『她』和隨扈都只能純靠想像，我也被傻傻騙到最後了呢。」

春日唏嘘搖頭的模樣有那麼點愉快。

「難道鶴屋學姊早就料到我會把一、二集都唸出來嗎？有哪裡會誘導我這樣做嗎？」

「懷疑這個恐怕就想太多了。」古泉說道：「我記得信件內文裡並沒有會誘導妳的字句，不過鶴屋學姊很了解妳的個性，有可能會去賭這一點。但我想無論有沒有唸出來結果都一樣。」

「我的個性？」

就是妳不等信件轉寄給所有人，每人印一份附件就直接唸出來的急性子啦。

「因為……」春日嘟起了嘴。「那時候我覺得直接唸比較快嘛。第一集又沒有很長。」

說不定這就是第一個陷阱。

古泉深深頷首說：

「假如第一集是直接唸出來，第二集很可能也會繼續這麼做。如果鶴屋學姊有考慮到這種下意識行為，那真是太會算了。儘管賭博要素強烈，賭輸了也沒什麼問題這點實在妙不可言啊。」

如果一開始就是印出來給我們自己看，會比較早發現嗎？

「或許吧。」

「保險起見，把第一集也印出來吧。阿虛，你來。」

我從霸在團長席上退也不退的春日身旁伸手過去挪動滑鼠，實現了她的願望。我自己也想印出來看看就是了。

這次不僅是朝比奈學姊，不知為何T也來幫忙集釘成冊。

古泉拿起還暖烘烘的影印紙說：

「第一集裡有『跟一個像是負責陪她的大姊姊坐在一起』（P142）和『大姊姊卻是樸素褲裝，看得出多半是隨扈之類的』（P142）等可以確定性別的語句。這也是為陷阱鋪路吧。」

爆速瀏覽兩份資料後，我發現的確沒提到一、二兩集的隨扈是同一人。所以用長門的方式來說就是「沒問題」吧。

春日將雙手放在腦後，深有感慨地說：

「好想消除記憶從頭再看一次喔，這次就不唸了。」

請不要亂想這麼恐怖的事。

「可以打個岔嗎？」

T對這邊豎起右掌。

「真的有能證明第二集出場的 attendant 是男性的 evidence 嗎？請各位教訓鞭策無法自由揮灑日文的我，告訴我故事中哪裡有這樣的 element。」

左手上第二集搖呀搖地。

「不陪她們進去換衣服就夠了吧？」

春日說得理所當然，我也不覺得有反駁的必要，重新大致瀏覽第二集並問：

「那麼一起泡露天溫泉這邊，可以當作是混浴吧？」

「應該吧。可是呢，我不認為他們是脫光光。鶴屋學姊可能不在乎就是了。」

剎那間，我腦裡險些浮現鶴屋學姊泡露天溫泉的畫面，隨即拿出修行僧的自制力踩熄了。雖然這裡應該沒人會讀心，但這種被人讀了會出事的想像還是謹慎點好。

春日往第二集開頭瞄了幾眼說：

「文裡沒有相關敘述，不過我想那裡應該是野外ＳＰＡ之類的。不是有游泳池那麼大的露天浴池，可以穿泳裝進去的嗎，就是那種。」

我自然而然將春日描述的露天溫泉想像得很樸素。應該是文裡強調那裡是鄉下的緣故。

我用手邊的筆電搜索野外ＳＰＡ的圖片，得到一堆製作成豪華溫水泳池的溫泉，這下懂了。

「就是大浴場呢。」古泉從旁窺探。

如果是這樣的地方，那麼該做露天溫泉裡應該不只是鶴屋學姊他們三個，周圍想必還有很多人，吵吵鬧鬧的。

起初三位美女在秋意濃厚的靜謐鄉下溫泉，享受入浴之樂的雅致情境頓時化為烏有。

然而我感傷無人知——

「我來把第二集裡面暗指隨扈性別的部分節錄出來吧。」

主持狂古泉復活了。

「首先是這裡，鶴屋學姊幾個離開浴池到脫衣間——說更衣室就好了吧，在這個場面，『隨扈（中略）轉眼就超過我們衝進脫衣間，大概是要趕在我們之前穿戴整齊吧』（P174），還包含鶴屋學姊的感想，說得很清楚。」

春日一副「那還用說嗎」的臉點頭認同。

「隨扈當然是衝進男子更衣室，要比鶴屋學姊她們更快穿好衣服。這是因為有需要在女子更衣室門前守著，以免她們溜走。」

「實際上也是這樣沒錯。文裡沒寫他是在女子更衣室，兩人換好衣服出來時也說『已經在門外等待我們』（P175）。隨扈真是辛苦喔。」

那之前的「這隨扈的身材也真夠兇狠的啦，走在一起的我簡直跟豆芽或筆頭菜沒兩樣」（P174）要怎麼解釋？

「既然是隨扈兼保鏢，自然有格鬥家或健美先生那種等級的肌肉吧。」

原先的印象開始天崩地裂式地瓦解。

「這裡是不是怪怪的？」

春日指著影印紙說：

「你看『別看她跟隨扈這樣對話，其實感情好得很喔。關係肯定不是雇主與傭人那麼乾。』（P176）這邊，給人他們感情像姊妹的印象。有點操弄潛意識的感覺。」

「就是啊。其實她也想寫成『感情像姊妹一樣好』，只是那實在違反事實而作罷了吧。如果寫兄妹就破哏了，頂多就是像家人一樣。」

「這樣反而會讓人懷疑怎麼不用姊妹，所以這樣含蓄一點就沒問題了。」開始往文字的增減與校閱聊了呢。

「總歸來說就是——」

古泉面泛清涼飲料廣告那種微笑，做出以下總結：

「鶴屋學姊在第二集裡下了兩道敘述性陷阱。如果只有混淆性別，或許還不容易發現，可是當讀者從最後一幕的疑點導出混淆人數的手法之後就能逆推回去，使性別錯置浮出水面。要同時指出隨扈由男變女和兩人扮三人才算合格吧。」

「原來如此。」T說：「我了解是什麼 fact 讓你們接受這個答案了。既然你們認為這就是全部答案，那我要問長門同學了，小春她們找到正確解答了嗎？」

「…………」

長門沒開口，也就是沒說對錯與否，且居然從書本裡抬起了頭，注視發問的T約兩秒後又變回讀書人體模型。

「……阿鏘，我該怎麼看待她剛剛的 move 才好？」

我對聲音裡充滿疑惑的Ｔ也是無話可說。說不定是原本至少會表明ＹＥＳ或ＮＯ的長門在這一刻學到了 fuzzy 的表達方式。

春日也對長門的舉動感到意外。

「有希，我跟古泉猜錯了嗎？」

長門這次沒抬頭，用輕細得備感清澈的聲音回答：

「並沒有錯。」

「也就是對嘍？」

長門小小的腦袋稍微上下挪移。見到她恢復平時的舉動，令人莫名放心。

可是——

怎麼說呢，這無法釋懷的感覺依然籠罩心頭。

好像藥片黏在喉管上弄不下來那樣，有種難以言喻的怪。這是怎麼回事？

第二集的解答真的只是這樣嗎？

總覺得漏掉了些什麼，但這方面我是全面相信長門的答覆，她怎麼說就是怎麼樣。然而我還是覺得奇怪，有種被鶴屋學姊玩弄於股掌之間的感覺。

儘管不是覺得很糟，在查明真相之前還是會覺得不踏實。

想著這些不像我會思考的事到一半，一只小碟擺到我眼前的桌上。連接小碟的纖纖玉指，屬於身穿西洋女侍裝的朝比奈學姊。

「茶點來了，請慢用。」

盤上是小倉羊羹，旁邊放了把小木叉。雖說只要有那張價值無法以貨幣換算，對我投來的朝比奈笑容，就夠我配好幾杯茶了，可惜學姊笑咪咪地給所有人送羊羹，T用見到異形電影裡太空口糧般的眼神端詳盤中那深褐色的立方體。

但就在SOS團加一的小憩時間就此開始時——

『有～信～來～嘍～』

團長席上的電腦發出收到第三封鶴屋信函的通知。

春日沒學到教訓，依然化身鶴屋學姊語音朗讀機讀出她的解謎信。

「嘎啵～第二篇故事有點長，所以我猜等到現在再寄信會比較好，怎麼樣呢？

沒錯，被你們看透了。我和她利用臨時參加小村節慶的機會，全力丟下隨扈飛奔而去。幸好這天隨扈是男的。

在露天溫泉，我們當然有穿泳裝。這個地方就是這樣，敬請放心喔。

問我臨時取消懇親會有沒有問題？完全沒事啦。這個懇親會其實也都是我和她家的相關人士在參加而已，而我們也只是帶過去炒氣氛的。

雖然我們只需要穿得美美的到處陪笑臉，做過一次就不想再做第二次了。你們應該會懂我為什麼要跟她一起落跑吧。那實在是無聊到不行，生人勿近啦！

那麼我們後來怎麼了呢？就結論來說，我們的逃亡之旅一下子就結束了。

才剛在目的車站下車，就看到隨扈在月台上眉開眼笑地等著我們。騙人！真的整個人都傻了咧！

原來我們身上都黏上了剛研發出來的最新型追蹤器。它十分難纏，在溫泉泡那麼久，全身每個角落都洗過一遍也沒弄掉，而且憑肉眼完全看不見，超強的。

我們到現在都還沒發現它裝在哪裡。如果要詳細說明的話，會變成超字標記的機密事項吧。所以對不起，不能寫了。

難怪那天防守特別鬆。還以為成功逃脫了，結果是我們太天真。對方棋高一著，輸了也是應該的，下次需要再多動點腦筋。嗯，突然有鬥志了，順利的話再跟你們報告，敬請期待。

回到這封信，這次附件是最後一次了，請安心享用。

你們也知道，現在老爸正帶著我到處跑。在這趟小旅行當中，發生了一個幾乎可以說是剛剛發生的案件。

因為有點意思，所以我很想說給別人聽。但只是這樣未免太唐突了點，所以我先傳兩篇以前旅行的回憶給你們。就把前兩篇當作是前傳或暖身吧。

那麼，請觀賞我們的旅遊小趣事第三集！Ciao！」

*

這裡是什麼地方哩。

原本是想用這種吊胃口的方式開頭，結果接不下去了。

先說喔，這次我的對白和第一篇一樣，全都跟敘述文融合在一起，不用去想些有的沒的，很親切吧。

我可以拍胸脯保證，從此之後的那個，就是↓「」裡面全都不是我的對話，不用上次那種雕蟲小技，將故事呈獻給各位。

於是乎，我抱胸望著窗外。

地點是計程車後座，在太陽快下山的時候。

車上只有我跟司機。這次沒有包車，純粹是在旅館門前等客人的計程車。

目的地又又又是另一間飯店的宴會廳，膩死我了。

話說我現在這樣單獨行動是有原因的——因為我高興。

由於我得犧牲幾天愉快的校園生活來陪老爸出差，所以我逼他接受我的條件，巡迴打招呼的時候我要盡可能一個人。要是在旅館到坐車都跟爸爸同一個鏡頭，感覺實在不怎麼舒服。

可是有一個條件他說什麼都不答應，這也是我抱胸瞪著窗外的原因。

我現在身上的衣服鞋子這些東西，甚至能說從頭頂到腳尖，全都是走老爸配出來的風格。這年頭會穿這種衣服出席的地方，也只有奧斯卡頒獎典禮了吧。

但我跟奧斯卡叔叔無瓜無葛，就只是為了穿起來很不舒服生悶氣。

穿指定服裝在宴會陪笑，就是我換取自由行動的條件。

這裡也有件事要先說，這次我沒有逃亡計畫。

老爸嚇唬我說這場宴會同時也是一場重要的發表會，敢落跑就要付出慘痛的代價。而且我還沒找出新型追蹤器的位置，對發表會的內容也是有一咪咪感興趣啦。

其實我家跟那個她家很熱衷於研發幾乎是給我們專用的超微型GPS追蹤器，結果研究過程好像衍生出了意想不到的副產物。英文對這種事有個專有名詞，叫 serendipity 吧，說葫蘆生駒還比較接近一點。

總之就是一群聰明的人絞盡腦汁在想怎麼騙我跟她，怎麼把追蹤器繼續縮小並提升效能到一半，想到了完全不同方向的理論或假說，但因為與當下工作無關，就隨便找張紙抄下來擱在桌上。

後來其他研究員之類職務的人路過而順手拿起來一看，發現那正好能填補他研究領域的缺漏，一下就成了大新聞。我老爸一聽到消息就跑來湊熱鬧，立刻給這方面的研發一個大大的綠燈，再經過一番迂迴曲折，就變成牽涉各種企業、學術機構和研究中心的巨型計畫了。

所以為了慶祝這個未來的一大事業，今天才舉辦這場紀念發表會。與這計畫相關的高階主管、聰明人和出資者將會齊聚一堂，高呼乾杯預祝成功，交流交流加深感情吧。

即使事先看過內容簡介，我也頂多看懂十％。好像是要用ＤＮＡ當處理器作各種運算，很有未來感的計畫。叫啥來著，ＤＮＡ電腦是嗎。

總而言之，這樣迷迷糊糊的小雀躍就是我出席的理由之一。大概第三名吧。

第一名是可以在這種場合見到以前認識的朋友，第二名是能和只能在這種場合見到的人交朋友。

雖然老爸要我穿的禮服很那個，但不管怎麼說，我還是感謝他給我這個機會，我跟她是這樣才認識的嘛。只可惜要蹺掉好幾天的課。

在這樣的獨白下，我一個勁地望著窗外。

根據稍微裝進腦袋裡的地圖，我現在搭的計程車正直直向北行駛。寬廣馬路兩旁都是冷冰冰的高樓大廈，實在算不上風光明媚。

於是我往另一邊看。這邊除了多了咻咻而過的對向車以外，當然是差不多，不過每當經過大樓之間或小巷，撒落的陽光就會閃一下照亮車內，亮得我拉高視線角度。

像這樣日落時分的天色真的好棒喔。而且像現在這種步入夏天的氣味，和雨滴澆過炙熱柏油路之後的氣味也很棒。如果要出《枕草子》改訂版，請務必參考這些部分。

我不捨地眺望直到那初夏餘暉完全消失，天色漸漸轉暗時，計程車才抵達目的地。

這裡是比我的旅館高檔好幾級的豪華飯店。發表會和預祝宴會都是在最大的廳裡舉辦這點，我好歹是知道的。

付錢下車後，我活絡活絡臉上的表情肌。

然後微笑著對飛奔而來的門僮說我沒有行李需要運送，向他詢問會場路線並道謝，盡可能以不跨大步的方式迅速前進。老爸經常說我走路像小孩，不過我才不管。平常喜歡怎麼走路好歹讓我自己選吧。

會場很快就到了，發表會還有一小段時間才要開始，但會場裡已經有一大堆人在吱吱喳喳。許多圓桌以等間隔設置於會場中，桌上已有提供酒品等小點心。

我戴上裝飾用笑容，踏進會場裡。

首先必須盡快找出老爸長年以來的生意夥伴、提攜對象和其他同業人士，上前拜見。和老爸合得來的叔叔伯伯大多也和我合得來，這種事還折磨不到我。

介紹我認識陌生人時，恭恭敬敬地問好就行了。都已經習慣了啦。

繞完一圈以後，就只剩找朋友了。

結果她先找到我。

「鶴屋小姐。」

「好久不見。」

躬身又站直的她臉上，有種美麗但冰冷的笑容。

色調古典穩重的禮服彷彿是她身體一部分那麼自然，看一眼就被她迷住了一下。優雅的儀態與氣質使周圍無色的空氣都繽紛起來，段數比被迫穿上配給服裝的我高出太多。以前也都是這樣就是了。

也向她打招呼後，我從正好路過的服務生手上拿一杯迎賓的葡萄柚汁，用舌頭確定那是百分百純天然。

她鬱鬱寡歡地晃了晃手上裝汽水類飲料的玻璃雕杯，說道：

「能見到妳真好，這裡能陪我說說話的人好像沒幾個。」

這類宴會的常客本來就大多不是我們這年紀，而我們都認識的熟人聽說沒來的樣子。應該和我們差不多，都是計畫相關企業的人士啊，是找到藉口溜走了吧。真想討教討教。

當我們互相報告近況，閒話家常時，發表會的節目開始了。

會場熄燈，投影畫面打在舞台屏幕的同時，類似愛樂交響樂的旋律滴溜溜地流洩，屏幕上打出大大的計畫商標。

隨後是一段介紹計畫概要的影像與旁白，不時出現引來觀眾驚呼的畫面，總長大概是我喝完第二杯葡萄柚汁的時間吧。

用來炒氣氛的背景音樂留下最高潮的餘韻而結束，燈光恢復。

在場中群眾的如雷掌聲中，一位負責講解的瘦叔叔颯爽登場。剛才的影像裡有介紹到，他是整個計畫的負責人。

接下來很長時間都是這位負責人的講解與回答來賓問題，不過跟我要講的事一點關係也沒有，我就省掉嘍。這種充滿理科生技用詞，好像在幫一場騙局抬轎的說明其實還滿有趣的啦。

「還不就是找一群有錢人來替新事業集資，用錢滾錢而已。因此得以進行的計畫也許能帶來新產品和新市場，對人類發展提供一點貢獻，但說穿了也只是賺錢的副產物而已。」

她給出苛刻的批評。

最後不曉得為什麼，大概是想打個氣吧，一人高喊乾杯，玻璃杯互相碰撞的音效跟著四處響起，各式佳餚也在這當中送上桌來。又是歐式自助餐，希望合我的胃口。

頓時充滿嘈雜的會場旋即開起一場名片交換會。

這個聚會本來就是用來增進人脈的吧。老爸應該就在某個角落，不過我不太想找他。

這時，有個角落響起一陣歡笑。

轉頭過去，只見一個年紀比老爸小，叫哥哥又嫌老的男人在那中間。

我好像曾經跟他打過招呼，但不記得名字。

她順我視線望去，說道：

「妳不認識嗎？他是我的遠房親戚，叔公伯公那邊的人。平常只會在家族會議上見到，今天是家父特地找他來的。」

他是做什麼的？

「他身兼幾間公司的董事，記得有數不清的頭銜，自稱本職是專業投資人。」

口袋裡的確像是有大把大把不勞而獲的錢，所以是找他來資助的吧。

「應該是這樣沒錯。」

她以不太感興趣的語氣說。

有意無意地看了幾次以後，我發現笑聲的來源是他的名片。

每當她那個親戚掏出名片與人交換，對方都會被他的話逗笑。大概是準備了一套能在自我介紹時博得笑聲的必殺笑話吧。是不是真的好笑就先不提了。

當我還在觀望時，一個我確實認識的人出現在視野中。他踏著輕巧的腳步走向名片笑話哥。

他也有在介紹影片上出現，是個有基因工程啥啥醫生頭銜的年輕男性。

醫生像是與笑話哥第一次見，同樣在接下名片後為之一笑，再歡談一分鐘左右就颯然轉身，不帶一絲躊躇地筆直走來。

眼角餘光能看到她側對醫生。

「嗨！」

醫生揚起一手，我也用同樣方式打招呼。讓我想起以前在某場宴會上也是像這樣自我介紹。

他身材高挑，有運動員的線條，與那套高級英國西裝十分搭調。袖口露出完全是認為只要能看時間就好的休閒數位錶，有張當連續劇主要演員也不突兀的高顏值臉孔和爽朗笑容，頭銜還是醫生兼基因工程界的年輕希望，而且單身。

他似乎也記得我，以得體且詼諧的方式說明自己在這項計畫中的任務，且不忘宣傳自己這崗位的重要性，對我高中生活也頗感興趣似的問了幾個切重要點的問題，表達令人讚嘆的實際感想後，帶著苦笑轉向我身旁。

「心情怎麼樣？妳已經擺側臉給我看很久了耶。」

她嘆了口像無聲口哨的氣，轉向醫生說：

「普通啦。」

「這樣啊，我很高興喔。不僅是因為能成為這項計畫的一員，也是因為能見到妳。」

「是喔。」

「是啊。」

我大概是一副看戲的臉吧，她側眼瞪了我一眼，將手上飲料一口飲盡。

醫生很體貼地問她要不要再來一杯，肚子餓不餓，並在瀟灑離去幾十秒後，有幾個服務生合力搬一張圓桌到我們面前，我和她喝的飲料也整瓶擺到桌上來，大概是醫生安排的吧。同時，他自己也端兩盤點心，踏著老練服務生般的步伐回到我們面前。

最後他將餐盤擺上了桌，並舌燦蓮花地向服務生們道謝，而他們也很專業地回完禮就散往會場各處。

這一連串表演實在太風騷，看得都我忘記說謝謝了。晚點再說吧。

醫生舉起裝礦泉水的玻璃杯，邀我們一起乾杯。那舞台劇般恰到好處的口吻與舉手投足，讓我一不小心就上鉤了。

而她擺出很刻意的臭臉，給自己加演勉為其難抬手的戲碼，讓自己的汽水杯和對方的玻璃杯合體。

怎麼說呢，這個先傲再嬌也太明顯。我都忍不住偷笑了。

「鶴屋小姐，妳想起什麼開心的事嗎？」

注意到我表情的她用這樣的吐槽裝蒜，不過實在太硬。想轉成回憶的笑太勉強了啦。

我開始覺得自己說不定成了他們兩人世界的電燈泡，用視線問他是不是該安靜地走開，他也用輕輕一瞥回答我無所謂。好像還有幾成希望我留下的味道。

既然如此，我便開開心心地觀察起他們的互動。

在那之前，先從回憶他們的關係開始暖身好了。

首先呢，她有好幾個駙馬候選人。

這位年輕醫生就是相當有機會的一個。

雖然我不太了解她父親的心思，但我覺得他是用碰巧相遇的方式丟幾個感覺不錯的男性到她身邊，想觀察女兒的反應，男方也一併在觀察範圍之內。搞不好還會詳細記錄他們有過怎樣的對話，怎樣的反應呢。受不了～

所以呢，這位醫生先生會成為計畫成員絕非偶然。

但她應該也心知肚明。基本上是一開始認為他是受父親庇蔭而用有色眼鏡看他，可是與他多次接觸之後逐漸敞開心房……這種老哏吧。在我看得見的範圍是這麼回事沒錯。

「請讓我補充先前影片裡說明不足的部分。這研究劃時代的地方在於——」

醫生男友憑藉爽朗無比又巧妙的口才，併用國中生也能理解的範例來解說自己在這項計畫中的參與領域。彷彿是在朗讀優質的科學論文，知識吸收得像白開水一樣快。如果他是大學講師，選課時一定擠破頭。

他提供的話題五花八門，從政經運動到最近流行的影片，又有條讓人聽不膩的不爛之舌，還會不時幽上一默，我也笑了好幾次。

至於她呢，始終面向一旁，偶爾抬頭看他，眼睛一對上就轉回去，很忙的樣子。

醫生男友對我跟她說話的時間一樣多，但視線幾乎是投注在她的側臉，似乎是在對她那隻曲線圓潤的耳朵說話。

嗯，天造地設的一對呢。我的豆豆眼是這樣覺得啦。

「——就是有趣在這個點子其實是起源於『GPS追蹤器究竟可以省電到什麼程度』這麼一個問題，然後以完全不同領域的基因工程的方式去——」

當他說得開始激動起來時，一道聲音喊了他的名字。

一個像是他同事的人熟稔地走來。

「有個需要向你介紹的人來了，快跟我去打個招呼。」

然後對我們說：

「兩位小姐不好意思，可以把他借我一下嗎。」

「要牽去哪裡請自便，不必徵求我的同意。」

「咦？這樣啊？那我帶走啦，謝謝。」

經過這樣的對話，醫生微微苦笑。

「ショウコ(Shouko)小姐，晚點見。」

說完就走了。

會場很大，人也很多，醫生轉眼就沒入人群失去蹤影。

她吐出一口可以解釋為多種情緒的輕嘆，用沒汽了的飲料潤潤嘴唇。

我倆就此沒頭沒腦地閒聊一段時間。

光是互相報告近況就夠殺時間的了。

這當中順便拿醫生送來的菜邊吃邊聊。果然沒錯，不怎麼合胃口。

我節錄幾個新學期開始後的高中生活趣事，用實玖瑠的事成功博得她的笑聲。

她好像很想早點脫離父母的庇蔭自力更生，對我描述她構想中的店。

聊起這種事，我也忍不住反思自己未來究竟要不要繼承家業。我不是很想一直當老爸的跟班，希望能單憑自己的腳到處走走看看。或許是該找個地方花一整天看著天空發呆，想想將來該怎麼辦了。

醫生走人以後大概經過十五分鐘以上，覺得她偷瞄手錶的頻率漸漸升高時——

我隱約聽見一聲慘叫。不，真的有人在叫。

或許是因為周圍雜音太多，連她在內都沒人注意到。

我藉口上洗手間，匆匆離開她身邊。

以叫聲來向為目標走出會場，發現一個飯店員工神色倉皇地從同一樓層的房間裡跑出來。

那是會場旁的休息室。

穿過敞開的門，先見到的是擺放在裡面的幾張圓桌和圍繞它們的許多椅子。

可能是因為會場是採雞尾酒派對形式，讓腳痠的人可以到這房間來歇會兒。

然後我很快就發現異常之處。

有人倒在地毯上。

趕緊跑過去一看，竟然是他。短短十五分鐘前還在跟我們聊天的年輕醫生男友。

他閉著眼睛，以正面朝上的方式倒地。

後腦杓的出血染紅了地毯。

我在附近的桌邊發現血跡，大概是頭撞到這裡。猜想他有沒有可能是自己撞成這樣時，他發出了呻吟。

太好了，還活著。

我不敢隨便移動他，先在身旁蹲下。見他微睜著眼，呼吸困難的樣子，便替他鬆開領帶並問話。

還好嗎？喔不，看就知道不太好。

需要問的，只有一件事吧。

誰幹的？

他仰望著我，嘴唇虛弱地挪動，痛苦喘息。

當我湊近耳朵，飯店的人馬也劈哩啪啦地趕到。櫃台人員、禮賓人員和像是經理的人都過來了，他們清一色都是錯愕的表情。剛才跑出房間的員工跟在最後，手裡捧著急救箱。像是經理的人下令叫救護車，櫃台人員就立刻衝出去。

「唔……」

醫生意識模糊而飄動的視線，停在拿急救箱的員工身上。正確說來，他看的是急救箱。員工進房後將急救箱放在地上，他的視線也跟了過去。

他似乎有話想說，是什麼呢？要回答我兇手是誰嗎？

最後臉上滿是痛苦的他稍稍點頭，以微弱的聲音說：

「不能吃……」

什麼？再說一次。

「……不可以吃下去……」

我聽起來像是這樣。

他說完這些話就昏倒了。

再來就是一陣忙亂。注意到騷動的來賓一個個圍過來看發生什麼事，她聽說醫生出事了也趕到這裡來，一見到準未婚夫滿頭是血倒在地上就跟著昏倒，等救護人員到場的這段時間漫長得我都快急死了。

先拿一部分結論來說，醫生男友只是後腦受到撞擊而造成撕裂傷，並無生命危險。經過仔細檢查後，也確定這對腦部沒有任何影響。

當然，他不是自己跌倒撞破頭。是與人起了爭執，被對方推倒時撞傷的。

所以以傷害案件論。

哎呀，費了好大一番工夫，總算是寫到這裡了。

出題的時間終於來了。

我要出的謎題就只有一個。

請猜出兇手的姓名。

完畢。

啊，先說一下，拿急救箱的員工就只是單純的第一發現者。這應該算不上提示吧。

我會再抓時間傳正式的提示給你們，待會見。

＊

春日結束朗讀，第三次沉默籠罩文藝社社團教室。

只有每個人手上的鶴屋遊記第三集沙沙作響。

有鑑於第二集，我們一開始就每人印一份，應該不需要特別唸出來。不過春日一收到信就來勁地開唸，不讓她唸完恐怕以後沒好日子過，所以就在國文課的錯覺中邊聽邊讀了。然而第三集終於給出了謎題，即使唸完了也不能安心。也就是說，正題現在才開始。

而我對這個謎題的答案是一點頭緒也沒有，連命題意圖都無法理解。難道是我的解讀能力差到萬劫不復嗎？

幸虧傷腦筋的不只我一個，春日和古泉也都擺出沉思者的姿勢望著虛空，連長門也放下書本注視第三集的紙張。

曾明言不善解讀日語文章的T直接放下印稿，單純聆聽春日的朗讀，而朝比奈學姊盯著頁面一點動也不動。

這表示裡頭有段距離推理小說最遙遠的朝比奈學姊都感到不對勁的句子，我的眼睛卻沒有任何感覺就掃過去了。有哪裡怪得這麼明顯嗎？而且——

「ショウコ（Shouko）？」春日咕噥。

「死前訊息……可是這樣……」古泉也在喃喃自語。

看來每人困惑的點各自不同。

主持人和團長兩位巨頭都沉浸在思索之海，沒人帶頭說話。看到我和T以外的每個人都在動腦就有一股無名火。

見Ｔ很悠哉的樣子讓人放心了點，但我卻問：

「妳不是推研社的嗎，這種解謎也是你們社團活動的一部分吧？」

「偶爾啦。」

Ｔ將印上第三集的影印紙移到面前，拿原子筆寫些東西。

「但我不是負責 whodunit。我不是這方面的專家，從來沒有發現真相。要說的話，我是 eyes reading only。」

專門看書喔。

「再說，這是給你們ＳＯＳ團的 quiz 吧？我這個社外人士負責站在場外努力替你們搖旗吶喊就行了。」

她寫得很努力，我忍不住偷看一下，結果她是在給漢字標音，嘴裡不時唸著那些字詞。

「阿鏘，雕蟲小技是什麼意思？」

是指作工精細的木匠。

「很容易就會曝光的低精度詭計。」

長門頭也不抬地訂正，Ｔ嗯地點點頭。

「那念作風光明媚的 chinese text 又是什麼意思？」

那是西漢末年一個洛陽舞孃的名字。《資治通鑑》上記載，她的美貌冰清如玉，令人目眩神迷。

「那是人們對地球上特別亮麗的風景感到讚嘆時會用的詞語。」長門說。

「葫蘆生駒呢？」

可以裝四十枚將棋棋子的大葫蘆。江戶時代的人平常會帶著那種葫蘆走來走去，方便隨時下棋。引申為一決勝負。

「是指發生了意料外的事。駒是馬的意思。」

我和長門幫助T加強日語能力時，古泉抬起頭，對我擺出他無數微笑版本之一。

幹什麼，已經解開謎底啦？

「還沒。」

他的笑容和眼神，像是在責怪我和T怎麼值得推理的謎題終於出現了，卻一副事不關己地打屁。

「這裡的 whodunit 有點不一樣。」

古泉的視線跟著指尖在最後那一頁上滑動。

「鶴屋學姊不是要我們找出兇手，而是猜兇手的名字啊。原來如此。」

還不是一樣。

「在一般文章中，或許能當作一樣吧。但在有這篇問題文的前提下，應該要當作不一樣才對。」

為什麼？

「因為——」

春日的話從團長席插進來。

「犯人明顯到根本不用去想。」

誰啊。

「你稍微動動腦好不好。只會照抄別人答案的話，學力是不會提升的。」

我又不是想考推理學院偵探系。

「說是這麼說——」古泉說道：「你心中已經有人選了吧？」

「是啊。」

我將影印紙翻面。

「就是被鶴屋學姊叫作名片笑話哥的那個人吧？『她』的叔公伯公那邊的親戚那個。」

「是什麼讓你這麼想？」

有特別介紹的人就只有那個瀟灑醫生和名片笑話哥而已，而既然被害者是前者，後者當然就是犯人啦。很簡單的消去法。

「用這種反推劇外元素來解謎的方式，本來應該是邪道的……」

我們哪有立場說這種話，ＳＯＳ團哪裡算正道了，完全是不合理的組織。我跟你都是這組織的成員喔。

「的確是這樣沒錯。而且鶴屋學姊給我們的這份戰書，也不是正統解謎的樣子呢，是吧？」

被古泉帶到的春日回答：

「阿虛說得沒錯，兇手擺明就是他，這裡沒有問題……所以不要我們猜兇手，而是猜兇手的名字，很有鶴屋學姊的風格嘛。我很喜歡這種特異的感覺。」

春日用原子筆尖叩叩地敲著桌面說：

「實玖瑠，茶還有剩嗎？唸了那麼久，我喉嚨都乾了。」

「啊，好的！」

盯著第三集某一點看的朝比奈學姊，因春日的呼叫而回神抬頭。

「請稍等一下喔～」

ＳＯＳ團專屬女侍啪啪啪地踏響室內鞋，繼續做她原本的工作。

我順便往長門看，發現她已經告別影印紙疊，變回原本的讀書人偶。

「…………」

長門神通廣大，說不定早已找出解答，沒表現出來是為了維持氣氛嗎。喔不，她都是這樣。

最先帶話題的依然是古泉。

「那麼，我們就來找找能推知兇手名字的地方吧。」

「也好，就從最好懂的地方開始吧。」

春日很率直地頭一個呼應。

「應該就是死前訊息這部分吧。」

「雖然他沒死，不過繼續用死前訊息應該無所謂吧？」

「昏前訊息實在不怎麼能聽呢。」

怎樣都好，快點繼續說。

「那我說了。」古泉翻動頁面。「醫生在昏厥之前想對鶴屋學姊說的，無疑是兇手的名字。」

「這是最明顯的提示呢。」

春日拿起茶杯才想起是空的而放回桌上時，朝比奈學姊一手拿茶壺趕到團長席，為她注入溫熱的日本茶。

「謝啦。」

她一口氣乾掉半杯後說：

「醫生在昏倒前留下的『不能吃』和『不可以吃下去』，不管怎樣都應該是兇手名片哥的名字。」

要怎麼轉換才能從這兩段話裡拗出人名啊。

「找出轉換的規則就是問題的主旨呀。」

古泉似乎從剛拿到第三集印稿就在上面做了記號，說道：

「首先，名片笑話哥和『她』，也就是ショウコ小姐很可能是同姓，這邊沒問題吧？」

既然是父系親戚，我沒意見。

「所以只要解出ショウコ小姐的姓，名片哥的姓也就跟著出來了，可是其他有哪裡提示過『她』姓什麼嗎？」

春日的視線掠過桌上兩份紙疊，即鶴屋文書第一、二集。

「在我的記憶裡，並沒有這種提示。」古泉講解道：「因此我猜學姊是要我們逆向操作，解出名片笑話哥的姓以後，自然會知道ショウコ小姐的姓。」

「現在突然把每集都來的『她』這個無名氏的名字亮出來，應該是有其用意。」

「就是說啊。」古泉贊同春日。「一到三集中，寫出名字的只有ショウコ小姐一個。第一集幾乎是鶴屋學姊和『她』的故事，而第二集的隨扈幾乎是從頭待到尾，卻沒有任何一幕提到他的名字。」

會不會是講出名字就會害混淆性別的陷阱穿幫？

「只講姓應該不至於。」

「先等一下。」

春日抬起右手，左手量體溫似的搭在額頭上。

「不是那樣。既然『她』的名字是能說的，那一、二集就說出來也不會怎樣。所以這也是逆向操作。為什麼在第三集才公開名字，真的讓我在意得不得了。」

一般會覺得，ショウコ（Shouko）這名字是兇手名片哥名字的提示才這樣編排吧。

「這個嘛，是這樣說沒錯啦。」

春日難得表情這麼糾結。妳那以快刀斬亂麻速戰速決為座右銘的直覺上哪去了？

「說什麼傻話？我都是深思熟慮以後才說出來的耶。」

這傢伙好像真的是這麼想，反而恐怖。

「為什麼用片假名來寫ショウコ（Shouko）也是個疑點呢。」

古泉試圖修正走偏的軌道。

「會是不方便寫成漢字嗎？」

可以說說我的假設嗎？

「請說。」

鶴屋學姊在第三集最後說『我會再抓時間傳正式的提示給你們』（P236），這會不會是指少了這份提示就解不出來啊？

「有這種可能。」

古泉搓搓下巴。

「鶴屋學姊用下一封信寄提示來的時間長短，或許能視為她如何評價我們的指標呢。」

很快就送來，等於是預料到我們很快就會投降的意思嗎。

「我想第一個提示就是ショウコ的漢字。直覺而已。」

既然是春日的直覺，那八成不會錯了。

「那麼ショウコ的漢字我們就等提示來了以後再說，從其他方向來推測名片哥的名字吧。從鶴屋學姊對他的描寫頗為詳細來看，這名片跟他的稱呼一樣，隱藏著最大的線索。」

藏什麼藏，名片上印的想必是全名，看一眼就什麼都知道了。

「鶴屋學姊對於名片哥交換名片的場景真的寫得很詳細。例如『我發現笑聲的來源是他的名片』（P228）、還有『每當她那個親戚掏出名片與人交換，對方都會被他的話逗笑』（P228）、『大概是準備了一套能在自我介紹時博得笑聲的必殺笑話吧』（P228）等，很可能是會利用名片上的名字再加上一、兩句，構成一個簡潔有力的笑話。」

名字這麼好笑，要是變成人家取笑的對象反而累吧。

話說回來，你們對這個可以在自我介紹上搞笑的名字有線索嗎？

「目前還沒有頭緒。唯一知道的是，光憑姓氏應該是無法構成笑話。」

「如果只有姓就能搞笑——」春日接著說：「那ショウコ也能用這個必殺笑話了，而且鶴屋學姊也早就會知道這件事。可是學姊卻說『不記得名字』（Ｐ２２８），口氣不像是知道那個笑話吧？所以推測名片哥的名片笑話必須是姓與名的合體技是可以成立的。」

愈想愈迷糊了，好想早點看提示。

春日兩肘拄桌，將下巴擺在交錯的手指上。

「拿名字當哏的玩笑，應該不會跟醫生的『不能吃』、『不可以吃下去』這兩句死前訊息無關。既然那是他對鶴屋學姊『誰幹的？』（Ｐ２３４）的回答，可以直接當作他想說兇手的名字。只是他意識模糊，腦袋接錯線才會脫口說出讓人聽不懂的話。以或然率來說還是有可能的吧。」

「是啊。如同哲瑞・雷恩的名言『在生命結束那個彈指之時，人類心靈所爆發出的瞬間力量，多麼神奇強大而幾乎可說是無限的。（註：引自《X的悲劇》麥田出版社，１９９５版）』，死前訊息根本是要怎麼玩都行。不過這次的受害者只是昏倒而已。」

只有我覺得這名言根本是在說「反正我爽，不然咬我」嗎。

「只是昏倒的話，大概不會神奇到哪裡去吧。以死前訊息來說有點馬虎。」

這樣講實在很缺德。

「文中還有一個重要的場景。」

古泉在額前豎起食指說：

「那就是醫生在給出訊息之前看見的東西。『正確說來，他看的是急救箱。員工進房後將急救箱放在地上，他的視線也跟了過去』（P235）這部分已經說明急救箱是關鍵物品。」

也就是說，兇手名片哥的名字可能包含以下三點：

1．怪得很好笑。

2．和某種不能吃的東西同音。

3．裝在急救箱裡。

「整理得很好。」

古泉擺出可以頒發今日最佳笑容的表情。

「再來只要讓想像力的翅膀無限伸展，再找出一片拼圖就能看出正確答案。曙光乍現了呢。」

太樂觀了吧。總之先查查急救箱裡有什麼好了。

就在我剛碰到筆電時——

『有～信～來～嘍～』

我們企盼已久的提示在恰恰好的時機寄到了。

「這次還滿快的嘛，還以為會多等一下呢。」

春日滋嚕嚕地吸著茶水查看信件，照樣讀出來。

這次的信件與先前不同，不帶任何寒暄和附件，只有以下四行文字：

提示一、可以查字典或網路喔。

提示二、不是急救箱內容物的名字喔。

提示三、她家代代都會在名字裡用一個「尚」字喔。

提示四、兇手的名字不用都寫漢字，一部分用片假名也可以喔。

保險起見，這次也都印一份給所有人。提示二怎麼看都是特別為我加上去的。

「還以為提示會一個一個來呢，結果是大放送呢。」

「可能是有考慮到離校時間吧。所以是一個一個仔細想的話今天恐怕想不通的難題嗎？反正我們本來就是需要一個個來考察這些提示，說不定是單純覺得分開寄太麻煩而已。」

負責推理的兩人簡述感想之後，古泉先啟動。

「我們就先把能用這四條提示直接確定的資訊列出來吧。」

「ショウコ（Shouko）的名字是寫作『尚子』吧。コ（ko）有可能是湖或狐，但先跳過也沒關係吧。要猜的是兇手的名字。」

「要注意的是『尚』字的唸法。尚子的尚是唸作ショウ，可是名片哥的名字就不一定了。如果是『尚一』，笑話的方向也會隨『ショウイチ』或『ナオカズ』改變呢。」

這個必殺笑話一定是跟發音有關嗎？搞不好光看漢字就有笑點喔，因為名片一般都是用漢字嘛。

「這著眼點很好。」

古泉颯然起身，拉來房間角落的白板，拿白板筆在中間寫個「尚」字，左邊寫ショウ，右邊寫ナオ。

「可是提示四說寫片假名也無所謂，所以可推知讀音比漢字更重要。且根據第三集的『每當她那個親戚掏出名片與人交換，對方都會被他的話逗笑』（P228），這玩笑不只需要給人看全名，還要再加上一個動作才完成，也同樣是因為這點。」

所以是用到ナオ或ショウ，又能表現人名的簡短笑話嗎。

上網查不曉得有沒有。

「就提示一嘛。」

春日抓著滑鼠說：

「說可以上網查，會是不查就猜不出來嗎？而且她還寫可以查字典，這也很讓人在意。」

長門藏書中的神祕事典終於要派上用場了嗎。

「就是這個啦，阿虛！」春日來勢洶洶地說：「為什麼不是『事典』，而是『字典』？」妳是問事典和字典的差異嗎？這要查字典才知道耶。

古泉在白板寫出「事典」和「字典」，說道：

「一般而言，事典是像百科全書那樣有詳細解說，而字典則是像英日字典或國語字典這樣記述字詞的意思與用法。簡單說就是事典比較專業，而我們學生比較熟悉的是字典。」

是說要理解這個名字笑話，沒必要去找專門介紹某一領域的特殊事典嗎。

「有一般知識就能理解了吧。說不定鶴屋學姊是覺得，這個難度或許有查字典的必要。」

那麼，鶴屋學姊究竟是以誰的腦袋為設計基準呢。

我側眼看看長門，她事不關己般維持正常讀書模式。那究竟是早已看透一切而打算徹底扮演聽眾，還是資訊不足而沒有思考價值，我無從判斷。

社外人士T抓了朝比奈學姊當老師，拿鶴屋文書當課本學習漢字讀法。

替金髮留學生作家教的 cutieful 女侍，也是無比地詩情畫意。教的幾乎是漢字讀法也非常可愛。

「這四個提示，每個都含有重大暗示。」

古泉的筆在白板劃下新詞。

「第二個『不是急救箱內容物的名字』是唯一的否定句，說不定是最大的補充。」

他在剛寫的「急救箱」上打叉。

「那麼請問各位，急救箱裡有些什麼呢？」

就藥品、繃帶、ＯＫ繃之類的吧。這要看那是常備於哪種環境下的急救箱，如果真的想確定有些什麼，也只能打電話到旅館問了。

「哪可能真的打，而且也不需要。」

春日抓著滑鼠在墊上窮打轉。

「重點不是急救箱裡有什麼，應該是急救箱本身吧？受害的醫生昏倒之前那麼執著於急救箱，應該是因為那與兇手的名字有很大的關聯。」

「如同文中介紹，這位醫生也是個學者。或許站在醫生的觀點來看，會從急救箱上看出些什麼呢。」

反正我不想當醫生不想念醫也不想考醫學系。

「我也不想。」

古泉拿板擦擦去打了叉的急救箱，重新寫回去。

「我總覺得時期『尚早』（註：日文發音為 syousou），不用急著捨棄急救箱的內容。」

寫作「尚早」唸作 naohaya 的機率有多少？

「零啦。」春日斷然捨棄。「我想想，『不是急救箱內容物的名字』並不等於不在急救箱裡，我覺得還是是跟裡面的東西有關。」

「既然不是商品名稱，那會是一般名詞之類的嗎？例如阿斯匹靈這種。」

「應該也不是成分吧。無論是阿斯匹靈還是乙醯胺酚，廣義上仍是『急救箱內容物的名字』吧。」

古泉靈光一閃似的說：

「也就是並非物體名稱的意思嗎。這麼說來——」

「根本不是名詞？」

「我就是這麼想。」

春日放開滑鼠，將雙手放在腦後仰望天花板。

「可是我想不通關鍵字具體會是什麼。」

我簡單搜尋出急救箱的圖片。

大多是方方正正，印上十字標記的木紋箱。話說我家好像也是這種。裡面有市面上買得到的口服藥、ＯＫ繃、紗布、痠痛貼布和軟管藥膏什麼的。

「阿虛，你聽到急救箱會聯想到什麼？」

先不提聯想，圖片倒是讓我想起一件事。

「是喔，說來聽聽。」

「事情發生在我比我妹還小的年紀。」

好奇心旺盛的我拿家裡的急救箱出來翻，裝了藥品的瓶瓶罐罐特別誘人啊。我每一罐都打開來看一下裡面長怎樣，而其中一個是裝了液體的褐色小瓶。看起來很老舊，標籤都糊掉了，一個字都看不懂。這時我打鐵趁熱，要立刻查出液體的真面目就拔開蓋子湊上鼻子，直接聞味道。

「結果怎樣？」

臭死我了。臭到滿地打滾。

「所以裡面是什麼？」

氨水。記得是用來抹蚊蟲咬傷的，到現在我都沒聞過那麼刺激的味道。光是回想，我鼻子裡面就在痠了。

「後來我才學到，瓶裝藥物要用手在瓶口搧過來聞氣味。」

我逐漸沉浸在泛黃的記憶裡。

「這件事也讓我學到藥品標示的重要。要是我知道裡面是氨水，以及阿摩尼亞這種物質有什麼特性，應該就不會想用嗅覺去辨識了吧。」

古泉像是也想像了那畫面而瞇起了眼。

「氨水可是能用來薰醒昏倒的人呢。早年的外國推理小說不時會有這種……場面……」

話還沒說完就切成靜音。

古泉臉上失去微笑，半張著嘴愣在那裡。雙眼失焦，彷彿在看空中的隱形3D立體圖片。而侵襲我們SOS團副團長的石化現象，居然也傳播到了春日身上。

只見她傻張著一張大嘴，睜得不輸嘴巴的眼睛慢慢眨動。

「咦？不會吧？是那個意思……？」

並吐出喉中異物般喃喃自語。

「所以才說『不能吃』……？不是指不能吃的東西，而是字面上的意思……『不是急救箱內容物的名字』就是這個意思……？」

「應該是吧。」古泉頷首道：「假如醫生藉急救箱表達的死前訊息指的不是裡面的藥品，而是裡面的文字——」

剎那間，兩人如雙胞胎般動身，行為也相仿，就是從頭重讀第三集。最後停在同一頁面，抬起頭異口同聲地說：

「「我懂了。」」

「喂。」我可不懂。

你們倆一起發現了什麼東西？我家急救箱裡有氨水是那麼神奇的事嗎。

「阿虛。」

春日突然用堪稱柔和的笑容對我說話，害我全身起雞皮疙瘩。

「你竟然也會立下一等戰功，難道天要下紅雨了嗎。我都好想立刻穿越時空，給小時候的你頒感謝狀了。要知道，你剛那句話讓我們肯定了一件非常重要的事，你有發現嗎？」

我閃開春日的燦笑，又撞上另一張笑容。

「藥品標示的重要。」古泉說：「你這句話，說中了死前訊息的來源。」

「醫藥箱裡的藥不只有口服藥，還有很多蚊蟲藥、止癢藥之類的外用藥。你知道那些外用藥會標示些什麼嗎？」

會寫「不能吃」或「不可以吃下去」嗎？

「我是不知道是否每種藥都會標示啦，寫得這麼直接的想必是少之又少，會把藥膏放進嘴裡的人應該也不多才對。不過我敢說，氨水的話就一定會寫。」

所以說醫生是從急救箱聯想到藥，從藥聯想到警告標示，然後從標示聯想到兇手的名字，因某個緣故只跟鶴屋學姊說標示以後才昏倒嗎？是怎樣，太莫名其妙了吧。

「那可不是普通的警告標示，那當然也是犯人的名字。」

「兇手的名片寫的就是那樣的東西，但不是和醫生的死前訊息一模一樣就是了。」

不．能吃？不可以．吃下去？

哪國人啊。

春日和古泉對看一眼，露出相似的笑臉。

「所以叫我們查字典或網路啊。」

「鶴屋學姊的『我聽起來像是這樣』（P235）也是一個重點。」

當我感到一股無名火在肚子裡滾時——

『有～信～來～了～』

點開剛到的信，使春日表情更燦爛了。

她模仿鶴屋學姊說的話只有一句。

提示五、這裡是哪裡？

「這裡」指的是鶴屋學姊現在的下榻之處？

信上說她被老爸帶著到處展覽好幾天，而這個『幾乎可以說是剛剛發生的案件』（P221）就是有死前訊息的案件，所以她還沒回到我們這裡來吧。

新的問題是找出她上哪旅行嗎。

「這不只是問題，同時也是提示。」

古泉展示印於A４紙的第三集第二頁。

「第三集中，有一個場景能推測鶴屋學姊的位置。其實也只有那一個。請你重看學姊搭計程車的頁面，就是她望著窗外描述風景那邊。」

我跟著將視神經集中於對應位置。

關於車窗外的景觀，我只有找到「寬廣馬路兩旁都是冷冰冰的高樓大廈，實在算不上風光明媚」（P２２４）這句。這種地方到處都是吧，是要怎麼縮小範圍？

春日嘖嘖嘖地彈著舌頭，對凝視影印紙的我搖晃食指說：

「不需要答出具體地名啦，簡略分類就行了。」

她指尖落在影印紙上。

「該注意的是計程車的行駛方向、太陽的方向和對向車道。」

愈來愈囉唆了。古泉，交給你啦。

「非常簡單啊。」

古泉帶著明白人特有的從容笑容說：

「其實鶴屋學姊也只有在這裡詳細描述風景，簡直是在說這裡有玄機。以此為出發點再回去讀之後，我的天啊，她居然堂而皇之地寫出了與我們常識相背的事。」

這傢伙也很囉唆。可是T和朝比奈學姊正和樂融融地開著讀書會，長門也在看她的書，沒其他人能救我。如果泰水在就好了的想法從腦裡偷偷鑽出來，但我立刻搖頭甩開那可怕的念頭。

這些人不會知道我心裡有多苦吧。

「首先請注意到鶴屋學姊看的方向。她是先看並不風光明媚的窗外景象，然後『於是我往另一邊看。這邊除了多了咻咻而過的對向車以外，當然是差不多』（P225），再來用『每當經過大樓之間或小巷，撒落的陽光就會閃一下照亮車內』（P225）來形容。」

古泉再度轉向白板，畫了個歪斜的長方形，側面加兩個圓圈圈，大概是表示車子吧。

「由於『計程車正直直向北行駛』（P224）——」

他再加上一個往上的箭頭。

「所以自然而然地，鶴屋學姊面向西沉夕陽的臉朝的是左邊。」

往北走的同時想看夕陽就得往左邊轉嘛。

「這麼一來，鶴屋學姊就會看到在我們日常生活中幾乎看不見的事。」

古泉在長方形左側稍遠處畫個像是太陽的圓，然後在車兩旁加兩條長直線，大概是馬路。

接著回頭對我說：

「請你想像自己坐在這輛車裡往左看，你會看見什麼？」

腦裡的我搭上了這一帶的民營公車。往左看嘛——

「舊住宅、空地、商業大樓之類的吧。」

如果走內側超車道，頂多再加上外線道的車。

「嗯……車？」

駑鈍如我也發現問題了。

「對喔，對向車道啊。」

「你開竅了。」

古泉在長方形汽車左側的線條左側畫出第三條線。

「鶴屋學姊在行駛中的計程車裡往左看，卻看到『咻咻而過的對向車』（P225）。如你所知，日本是靠左行駛，基本上不會有對向車從左側經過的狀況。換言之——」

他在附有四個圈圈的長方形左側直線的另一邊空間又畫一個長方形，加上往下的箭頭。

「她人是在靠右行駛的國家，這起醫生遇襲事件並不是發生在日本。」

「這樣你懂了吧？」

春日手伸進自己的書包裡掏。

「提示一說字典而不是事典，就是這個緣故啦。喏，拿去。」

她如此塞給我的，是一本英日字典。

花三十秒左右掌握狀況後，我拒絕收受這本英日字典，將筆電從休眠模式中喚醒。
春日並沒有不高興，擺出睡貓似的嘴臉後讓字典回到書包裡。
「原來如此。」
我也只能這樣說。
「我了解第三集的舞台是國外了。所以會怎樣？」
「醫生用的語言就有問題了。」
古泉在白板寫出又大又潦草的 Mr. Dr.。
「文中從頭到尾沒說過他是日本人，現在又知道舞台是國外，那麼他是該國國籍的可能就很高了吧。『我不捨地眺望直到那初夏餘暉完全消失』（P225）這句點出季節和日本一樣，所以是在北半球。」
「可是現在要猜的不是國名，多想也沒用。」
春日插嘴說：
「當作美國就行了，反正這樣想一點問題也沒有。而且醫生說的其實是英文。」
憑什麼這麼肯定。
「不然死前訊息就說不通了。」
真的嗎？

「真的啦。他昏倒前說的『不能吃』或『不可以吃下去』，其實都是用英文說的。」

「然後鶴屋學姊將醫生的英文耳語譯成日語輸入檔案，所以才用『我聽起來像是這樣』（P235）這麼一句含糊不清的話來描述。譯文語感因人而異這種事，對於喜歡閱讀國外小說譯本的人來說可說是常識，像每個角色的自稱詞就是很好的例子——」

我抬手要古泉閉嘴。

雖然手法破解了，但變的是什麼魔術還不曉得。我的手指連犯人姓名的邊都沒搆著。

春日和古泉約好了似的同時微笑。

「其實要找出他用的語言根本不用動什麼腦筋。我們從義務教育時代就開始學英文，沒線索的時候自然應該用英文代入吧。畢竟那是我們最熟悉的外文。」

你不是說從解答推回去是邪道嗎。

「想法保持彈性，在解謎上有時也是很重要的。與其拘泥於既定觀念而停滯不前，修正觀念容許變化的幫助往往要大上許多。」

一般而言，嗯，是無所謂啦。那麼尚子和鶴屋學姊跟醫生對話時用的——

「當然是英文呀。醫生是有可能講日文也通，而導致他們那段是日文，但這可以先不管啦。」

鶴屋學姊那麼神，懂多國語言又說得像母語一樣溜我也不意外。

「事實上，只要能確定醫生的死前訊息是用英文說的，其他的都不重要了。」

古泉粗簡地斷定。

很好，既然可以不管就准你們不管，那麼差不多該公布答案了吧。就是鶴屋學姊問的『請猜出兇手的姓名』的答案。雖然你們一副都看透了的臉，搞不好答案其實差很多喔。

「難得阿虛會有這麼中肯的看法。」

春日欣慰地說：

「那我給你一個提示。我想想……」

她的頭像長門那樣稍歪幾度，思考數秒後說：

「石川縣。怎麼樣啊，古泉，拿這給他聯想還行吧？」

「這個提示很棒。」

古泉拍完馬屁接著說：

「那我就給出半個答案吧。名片哥的名是タケナオ（Takenao），怎麼樣？」

春日的表情大大表現出贊同之意，拿條碼機掃她臉八成會跑出「再來就交給你了，古泉」。

「ナオ（nao），寫作『尚』，タケ（Take），通常是『武』但無法確定。鶴屋學姊的提示四為的就是這個。」

關子賣夠嘍。你旁邊那塊白板和手裡的白板筆是用來幹什麼的，有工具能用就快點用。

「都到了這一步，你離答案也只差臨門一腳了，不自己想出來沒關係嗎？」

既然你和春日已經挑戰成功，等於是ＳＯＳ團整體的勝利。功勞你們拿就行了。

「如果這是推理小說，現在正是挑戰讀者的時候呢……」

關我屁事。

「少廢話，快告訴我兇手的名字。」

「知道了。」

抹上微苦笑的古泉原地轉身，舞動右手。

「我不是百分之百肯定，但基本上應該是這樣寫沒錯。」

然後以奉承也不敢說流利的字跡寫出兇手名片笑話哥的名字——

能登部タケ(Take)尚。

のとべ・たけなお(Notobe Takenao)。

是這樣唸嗎？

我一唸出來就聽到噴笑的聲音。

只見T一手掩著嘴，頭往左肩靠，身體上下顫動。還以為她心思都放在和朝比奈學姊學習日語上，耳朵還是有在聽的樣子。對了，她也是英語圈國家的人嘛。

所以笑倒眾生的必殺笑點在哪？如果是英聽不好就不會懂的笑話，教懂了也沒地方講喔。

「醫生的死前訊息是英文的『不能吃』沒錯吧？」

我要求進一步說明。

「難道那句話是 Notobe Takenao 嗎？要怎麼翻才會變成『不能吃』？直譯不是 don't eat 之類的嗎。」

這時我才注意到，儘管略有差別，房裡臉上沒笑容的就只有我、傻眨著眼的朝比奈學姊和忙著讀書的長門而已。剛好半數嗎。沒特別數過。

「講解之前，我要先提醒你兇手的名片笑話是需要加工的。同時也要考慮到受害者是醫生，要一併考慮他盯著急救箱看這件事。」

古泉如樂團指揮般晃動白板筆說：

「總之只要知道醫生是怎麼對鶴屋學姊說死前訊息，就真的會一目瞭然了。他——」

面對白板的古泉右手由左向右流動。

「是這麼說的。」

並轉身蓋上筆蓋，往旁退一步。白板上寫的是一句短短的英文。

Not to be taken.

「在不同狀況下，這句話會有不同譯文。如果是在英文圈製造販售，會放在急救箱裡的藥，例如氨水這種絕對不能口服的藥，標籤上多半會有這句警告。」

古泉扭開才剛蓋上的筆蓋，右手又輕盈躍動起來。

「這樣翻譯應該沒問題吧。」

四個特別方正的漢字排成一排，寫的是——

禁止服用。

所以才會是「不能吃」和「不可以吃下去」嗎。不同譯者來翻，譯文也會不同。那麼，是鶴屋學姊當時沒想到翻成「禁止服用」嗎。

「也可能是覺得直接說『禁止服用』會太簡單。上網查這四個字，想找到 not to be taken 不會太困難。敢這麼說，自然是有我的根據。」

呃，先等一下。

Not to be taken……變成 Notobe Takenao……

結果是冷笑話嗎，而且這也太硬了。先不說 notobe，taken 要變成 takenao 需要經過很高超的傳話遊戲才可能吧。

「所以說需要加工啊。」

古泉毫不吝嗇地秀出他的大白牙。

「別忘了那本來就是需要用到名片的笑話。名片上當然會印名字，而他們交換名片的地方可能是美國的某個展廳，交換對象必然幾乎是外國人。這種時候，會只印日文的名片嗎，很難想像吧。設想成國外工作用的純英文名片，或是一面日文一面英文的名片才比較合理。所以他名片上名字的部分——」

白板筆啾啾啾地輕快往右繃跳。

Notobe Takenao。

「這樣寫的可能最大。雖然日文名字寫成英文一般是先名後姓，但近年來維持先姓後名這一派有增加的趨勢。至於 Takenao 先生是屬於這一派，還是因為寫成這樣比較容易用自己的名字搞笑，就不重要了。」

古泉副教授繼續講課。

「他多半是在交換名片時遮住ao這最後兩個字，口頭補上不足的t，聲稱自己的名字這樣就變成有意義的句子。這的確頗為難得，讓頭一次見面的人瞬間就記住他這個『禁止服用先生』

肯定也有無可限量的優點。況且醫生經常接觸這句話，這名字一定會深深烙印在他腦袋裡。」

Not-to-be taken-ao。

醫生說不定是藉由這樣的分割來記憶。而他原本想說 Notobe Takenao，結果在意識朦朧之際見到急救箱就不自禁用母語說成 not to be taken。

鶴屋學姊一聽到就全都明白了吧。不，我看她不會不知道這名片笑話，只是故意裝蒜編出這麼一套獨白口吻的戰書給我們，再順便附上第一、二集。

服務精神真是太強烈了，有種近乎感動的感覺。到底是什麼東西讓鶴屋學姊做到這地步呢。真的可以平白接受她的玩心嗎。

某種說不上來的異樣感覺讓我很不舒服。

春日全身散發出大功告成的感覺。

「話說不用想兇手的動機嗎？」

「關於這點，動機牽涉到一個人的內心世界，不可能完全推理出來，頂多做幾個臆測……例如名片哥也是尚子小姐的駙馬候選人，與醫生為她爆發爭執而導致這起傷害事件。又可能名片哥發現醫生的另一面——一個犯罪組織的幹員，於是為了保護親戚尚子而打算驅逐害蟲，根本任憑想像。因此猜測動機這種事，只會落得一個沒有意義的結果。鶴屋學姊也不希望弄成這樣吧。」

「說得也是。明智光秀在本能寺反叛織田信長的動機，都過了幾百年也沒有定論嘛。去猜測某個時候的某個人在想什麼，實在沒什麼意義。人類本來不就是很容易衝動行事的人嗎？事後才懊悔為什麼當初要那樣做的事，每個人都有過吧。話說我是支持本能寺之變的鬼迷心竅說喔。光秀當時就只是一時想那樣做而已。一定是突然發現自己能做到平時不會做的事，就不顧後果地動身了。」

聽著古泉和春日的動機論，我忽然想起鶴屋學姊來信之前，古泉、T和長門對推理小說內容公平與否的對話。

我就順此一問了，鶴屋學姊這篇問題公平嗎？

「是算不上親切啦，但知道舞台在國外以後還是有機會。」

「有事先發現敘述性陷阱也很重要。」

春日說得不痛不癢，古泉接著說：

「鶴屋學姊在第三集設的陷阱，是寫成日文實為英文這樣，利用我們誤判地點再混淆語言的敘述性陷阱。不是沒有前兆吧？第一集混淆年齡，第二集混淆性別，那麼先猜測這次會混淆什麼也是合情合理。也就是說，其實前兩集才是第三集最大的提示。」

不單純是回憶就是了。這也讓我對鶴屋學姊的為人有更進一步的認識。看來她從小就是個懂得享樂的人，相信往後十年也不會有任何改變，不知為何覺得很放心。

可是——

對鶴屋學姊的質疑仍在我心中盤旋不去——也不算質疑啦，就只是搞不好還有什麼騙過了我們這樣，心裡很不踏實，說不上來。彷彿能看到學姊的臉在空中賊笑，很莫名其妙的感覺。不知該如何解釋而難耐的同時，又覺得自己遺漏了些什麼而無法釋懷。

「不是要挑毛病喔，我還有一個問題。」

我的話使古泉放下白板筆轉過身來。

「什麼問題？」

「這是真實發生過的事嗎？」

「喔？」古泉稍稍睜大眼。「是什麼讓你覺得它不是呢？」

「很多地方都太剛好了。」

鶴屋學姊為家業跟老爸到國外去，參加新計畫的發表會這部分就當是真的好了，可是擁有聯想遊戲般人名的人成了兇手這種事，真的會剛好發生在這種時候嗎？

「就是發生了才會寄信來啊？況且——」

古泉用只有我看得見的角度瞥向春日。

「乍看之下機率低得不可能發生的事，該發生的時候還是會發生。更進一步地說，我們自己的感覺和時機的概率統計上的數字其實有很大的差距，而這已經是眾所皆知的事了。像生日問題和三門問題就是很好的例子。」

我有空再去搜尋這兩個問題。

「那麼，把『她』的全名當作能登部尚子沒問題吧？」

春日鬧脾氣似的盯著螢幕，手抓著滑鼠不知道在轉什麼。

「鶴屋學姊對答案的信來得有點慢耶。」

對了，這也是我在意的一個點。

之前都來得很剛好，這個第三集的特別慢。

「想想時差啦。雖然不確定她在哪裡，那邊多半是晚上了吧？搞不好不小心睡著了。」

先別管這種狀況。

「鶴屋學姊說不定是認為我們會花更久時間才找到解答。那這次她可要對我們刮目相看了呢。」

該不會是因為我們的答案還不到一百分吧？如果我們只得到七十分呢？

「阿虛你真的很笨耶。」

春日不敢置信地說：

「鶴屋學姊再厲害也不會即時聽到我們在社團教室裡講什麼吧。她要怎麼知道我們討論得怎麼樣？」

要是聽不到，信也來得未免太剛好了，但春日說的也有道理。即使鶴屋學姊是個可以冠上超字的天然 high 妹，也沒有千里眼順風耳，不會知道我們的推理進度。可是第一、二集她來信的時間準得好像在等我們解答一樣，這是不可能的——

糟糕，思考要陷入迴圈了。

我下意識地甩甩頭，因而見到社團教室裡的奇景。

「…………」

長門用強烈的視線凝視著我，不知看了多久。

這彷彿要刺進皮膚裡的目光是怎麼回事？

這麼想時，長門忽然移開視線，固定在另一個地方。

我跟隨視線轉動脖子。

她看的是T，只是那個位置只能看到那顆金髮的後腦杓。

長門再次面無表情地轉頭，又凝視起我。

「？」我不知作何反應。

長門到底想傳達什麼。

這場我和長門的非常態互瞪約持續五秒後——

「…………」

長門採取了驚人的行動。

她懸絲人偶似的站起，折起原先屁股下的鋼管椅搬到長桌邊，重新坐下。

「…………」

這次凝視起T的臉。

啞口的不只是我，春日、古泉和朝比奈學姊，反應好比見到羅浮宮的勝利女神像在眾目睽睽下突然飄舞。

「我的臉上冒出什麼圖紋來了嗎，長門同學？」

還在給鶴屋文書標音的T則是困惑地這麼說，被長門的眼力逼退般往後挺，張開一手舉在額前遮臉。

見到那行為，長門又注視起我的眼來。

是要我注意的眼色。

注意什麼？

T的手遮住的東西？

該不會——

鶴屋學姊真的知道我們推理的狀況？

剎那間，資訊的洪流在腦內旋轉成漩渦。

時差、兒時的鶴屋學姊、無名的「她」、能登部尚子、第一、二集是最大的提示、案件發生於國外、英文、時機太準的信、遲遲不來的解答信、唯一的社外人士T。

我甚至能聽見它們乒乒乓乓接在一起的聲音。

「……原來啊。」

我明白長門的意思了。應該是十拿九穩。

「原來是這樣嗎，T。」

「什麼意思，阿鏘？」

我站起來，走到T身邊。

這位自春季成為我同班同學的交換留學生，投降般舉起雙手垂下腦袋。

我用力吸氣，朝著她的頭——

「哇！」

叫聲大得朝比奈學姊都「咿！」一下，從椅面浮起幾公分。

她不會放在心上吧。

我在一臉「這傢伙在搞什麼鬼」的春日和古泉面前對T說：

「下一封信可以省了，鶴屋學姊。」

正確來說，是對T瀏海上的髮夾說。

隨後，社團教室裡傳來陌生的手機鈴聲。

T從裙子口袋取出手機，放在長桌上。

『嗨！阿虛！討厭啦，嚇我一大跳！』

鶴屋學姊笑呵呵的聲音在房裡響起。

『沒想到竟然是你第一個發現！厲害厲害！』

其實一半以上是長門的功勞，但感覺不要說出來比較好。

春日和古泉兄妹似的用同樣眼神盯著手機看，然後又同樣地手扶額頭興嘆。

「「啊啊……」」

春日稍微嘛嘴。

「原來是這樣，我怎麼沒發現。原來T是……」

「咦？咦？」

只有朝比奈學姊一個到處看來看去。

『你還知道些什麼？』

「第一、二集裡的『她』不是尚子小姐，而是T。」

T抬頭看來，靈活地吊起一邊嘴角笑。

「然後她的髮夾是竊聽器，就這樣吧。」

『竊聽器太難聽了啦，可以叫它高性能收音麥克風兼電子訊號傳輸器嗎？』

那有什麼問題。話說，那到底是什麼構造？

T摘下髮夾交給我。

我也下意識就接下來了。這髮夾怎麼看都只是一片薄薄的金屬，看不出麥克風、發訊器、電池等裝置塞在哪裡。若不是長門，沒人看得出來吧。人類的科技能力真是不容小覷。

T對到處觀察髮夾的我說：

「這個別針型超小麥克風會把聲音傳給我的手機，再傳到鶴屋同學的手機。這是鶴屋 family 和我父親一起栽培的 laboratory 研發出的最新產品，詳細資訊我就不知道了。」

既然能做出微型GPS追蹤器，這只是小菜一疊吧。

鶴屋學姊的聲音將我的注意力從髮夾扯下來。

『可以說說我是怎麼露出馬腳的嗎？』

「首先是時機吧，什麼都來得太剛好了。」

這也包含T的出現。

T並不是每天都會來文藝社社團教室，就算來了，也不是每次都久留。

然而偏偏在今天，她和古泉天花亂墜地聊推理小說，鶴屋學姊還彷彿知道推研社的T就在這裡，在這時候寄給我們一個猜兇手名字的謎題。

不管概率統計學的權威說什麼，我都敢說天底下不會有這麼巧的事。

然後是解答信間隔抓太好，好到只能懷疑有人將討論狀況暗中傳給鶴屋學姊。如果往真的有共犯的方向想，就能輕易解釋這一點，而我不認為共犯會是SOS團的人。

我有懷疑過學姊可能一開始就把竊聽器裝在房間裡，但我覺得她不至於做出這種事，即使有也逃不過長門的法眼，可以剔除。

因此，還不需動用消去法，我就能確定平常不會在這待這麼久的推研社女同學是共犯。

『哎呀呀呀，太明顯了嗎？』

「難道說——」

春日從團長席站起。

「寄信的時間點也是提示的一部分？暗示我們妳聽得到我們說話？」

『說不定喔。』

學姊服務精神這麼旺盛，的確很有這種可能。

『再來，你怎麼會知道一、二集的「她」，就是你們叫做T的她啊？』

「聽完第二集以後，我一直覺得怪怪的。」

我拿來手邊的印稿說。

「就是妳對話加引號那邊。」

『嗯，我想也是啦～』

手機揚聲器傳來鶴屋學姊飛揚的喜悅。

「知道第三集舞台在國外，回頭想前兩集會不會也是的時候，奇怪的感覺一下就消散了。」

像推骨牌一樣，聯想啪啪啪地帶出一個又一個的聯想。

「既然知道了這點——」

古泉攤開影印紙。

「鶴屋學姊模仿隨扈口吻說的話有以下六句。」

『簡直是從印象派畫作裡走出來的呢，大小姐。』

『天啊，大小姐。您這樣真的真的太粗俗了。』

『要是老爺見到您這副模樣，不知道會說多重的話。』

『既然是明年的事，多得是時間可以調整。真正的問題是，要是老爺知道了這件事該怎麼辦。』

『您還有哪裡想去嗎，大小姐？』

『那就這樣吧。』

我將說明的工作交給古泉，自己深坐鋼管椅。總算報了一箭之仇，我已心滿意足了。

古泉對我稍稍低頭道歉，淺笑著說：

「我將這幾句鶴屋學姊平常不會說的恭敬對白，當成是不同於敘述文的口吻，而她也實際這麼說出來了。」

「我覺得那是表示開玩笑。」春日說：「模仿隨扈的語氣來調侃她這樣。」

「其實都沒有錯呢。」

古泉眼帶感嘆地對我一瞥。

「但引號其實是表示那是外文。也就是說，第二集的所有對話都是翻譯成日文的。」

『嗯～基本上都是說英文喔。』

古泉問T：

「請問鶴屋學姊的英文在妳聽起來，真的有第二集寫的那樣恭敬嗎？」

T撥撥卸下髮夾而高歌自由的瀏海說：

「嗯，她用的是正確的 idiom 和比較正式的語法。美中不足是母音太用力了一點。」

『哈哈哈，要說得像母語人士那樣真的很難耶。我會加油的。』

相反地，T的英文翻成日文就會正常語氣吧。既然是母語，這也是當然的。而且和她的獨特日文不同，語感會讓學姊將自稱詞譯為「atashi」而非「watashi」。

「既然舞台是外國，那麼故事人物就很可能是外國人了。」

聽了古泉的推測，鶴屋學姊回答：

『我就說那是在歐洲某個地方吧！』

「第二集的『有許多女生穿得像歐洲古代的村姑一樣』（P178）和『不管怎麼看都是完美變裝成中世紀歐洲村姑的淑女』（P181）這兩句，直接當作是字面上的意思就行了吧。」

『是喔～』

是葡萄產地，又有室外溫泉大浴場的歐洲國家啊。根據我茫然又貧瘠的想像力，只能瞎猜是德國和法國那一帶的感覺。

古泉盯著T的手機說：

「那麼第一集的故事也是發生在國外吧。多半是緯度比日本高的國家。」

接著換春日開講。

「第一集前面那句『有夜景倒還好，現在太陽公公還在天上用力發光呢』（P142），就讓我很在意，想說哪有這種傍晚開的怪宴會。宴會一般都是晚餐時間吧？如果是夜晚短的國家就說得通了。」

「最後一幕的『在暗處一趴就招架不住了』（P151）這邊，鶴屋學姊躲在床下結果不小心睡著，這是因為時差還沒調整過來的緣故嗎？」

『好像是這樣喔。畢竟都好多年前了，我不太記得了啦。』

光從聲音就能輕易想像表情的鶴屋學姊繼續說：

『可是光憑這點，還不足以看出「她」是誰吧？』

「只有第三集提供解開這個謎的關鍵。」

古泉等很久了似的立刻回答。

「假如每一集的『她』都是同一個人，那麼沒必要只在第三集提及尚子小姐的名字。」

『怎麼說？』

「要是前兩集的『她』也是尚子小姐，那根本沒必要掩飾她的名字。相反地，一開始就搬出日本名字會更容易將那裡偽裝成日本。」

古泉拿起紙疊。

「第二封信中，有提到前兩集的『她』是同一個人吧。從『後來我和上一封信的她不時有機會見面，這次也是在老爸帶我去的地方遇到她（中略）剛好那裡又是溫泉勝地，你們就一起慢慢聽我說跟她泡湯的事吧』（P165）可以確定這點。」

『嗯嗯嗯。』

「於是通往『她』是誰的路就浮現出來了。」

指尖在影印紙上滑動。

「第三集的獨白『我們都認識的熟人聽說沒來的樣子。應該和我們差不多，都是計畫相關企業的人士啊，是找到藉口溜走了吧。真想討教討教』（P226），已經說得滿明顯的了。」

春日看著T說：

「這段其實是委婉說出真正的『她』目前不在鶴屋學姊那裡吧。那也是當然的，因為她在這裡嘛。」

妳怎麼沒去，不是跟家業有關嗎？

T挺高胸膛驕傲地說：

「我可是從外國千里迢迢來這裡念書的留學生耶。學生應該是為念書而活的生物，怎麼會有時間 boycott 學校，跑去參加那種除了無聊還是無聊的宴會呢。」

回頭想想，這傢伙其實是跟鶴屋學姊不相上下的大小姐。或許是用詞讓她沒什麼那種感覺，但主要是因為受過學姊的薰陶吧。

「那現在，我把導出這點的過程列出來。」

古泉再度拿起白板筆，讓它與白板重燃舊情。

草書般字跡寫出如下字句：

・第一、二集的舞台在國外。
・第一、二集的「她」不是尚子。
・第一、二集的「她」（很可能）是外國人。
・「她」與鶴屋學姊關係密切。
・T將社團教室裡的情況傳給鶴屋學姊。
・表示T與鶴屋學姊關係密切。
・T是留學生，即外國人。
・因此「她」（很可能）是T。

「就只是很可能啊。」

著眼於括弧內容的我，惹來古泉一個微笑。

「話雖如此，我們所知範圍內以英文為母語的外國訪客就只有她而已了。」

那我要問今天第二個問題，以劇外觀點來逆向推理究竟是不是邪道？

「既然問題本身就包含劇外因素，且受任為解題者的我們同時能從劇內外來檢視這道謎題，歸納起來反而該說是正道呢。」

請不要用太多專有名詞，腦袋跟不上。

「你是第一個發現的人，應該是瞬間就跑完這幾條推理過程了吧？」

唔唔，我是……那個啦。因為長門對T的髮夾特別感興趣，再加上第二集對話那種隔靴搔癢的感覺，怎麼說，就在腦袋裡一口氣串連起來，我又一直在吐槽鶴屋學姊的信來得太剛好，再來就是拜聯想所賜了。如果不是長門，我保證是辦不到。這樣借用宇宙大能的力量，算起來也不公平。只是在春日和T面前說不出口。

古泉似乎也看出這一點，一瞥長門後說：

「請想想鶴屋學姊來信之前我和長門她們討論的話題。為了將不特定多數的嫌疑人侷限於特定範圍內，作者從劇外加入了能夠限定犯人條件的系統。『給讀者的挑戰』的宣告，即是有這種效果。」

感覺好像是很久很久以前的事了呢。

「第三集裡藏了一個問題——『她』是誰。即使謎題不算親切，鶴屋學姊也不會惡質到會把嫌疑範圍擴大到全世界，要我們從幾十億人中找兇手。不然她也不會在故事裡到處灑線索，也不會另外給我們五個提示了。所以那一定是我們找得出來，也就是已知的某個人。」

古泉說到這裡降下視線，看著鋼管椅上來自推研社的奸細。

「而鶴屋學姊直接把答案送進來了，這樣人選就只有一個，然後剩下的問題就看我們有沒有發現了。」

T面泛優美的微笑。

「老實說，我心裡一直都還滿緊張的。」

「解答一開始就在我們眼前。這麼諷刺的誤導手法，真是讓人感嘆不已啊。」

『人很容易找不到就在眼前的東西喔？』

「這就是鶴屋學姊拿手的『失竊的信』作戰吧。」春日說。

「鶴屋學姊的戰書，大前提雖然是要我們利用第三集的死前訊息查出犯人的名字，實際上還偷偷藏了另一個主題，要我們再猜出『她』是誰。我們漏掉了也無所謂，屆時她可能會裝作沒這回事，或者——」

『我是打算說出來啦。』

鶴屋學姊大方地說。看來我們推理結束後遲遲不寄信，果然是在等我們自己察覺的樣子。

古泉苦笑著玩弄白板筆筆蓋。

春日對那位同班同學說：

「那麼T，妳共犯到什麼程度？從一開始就知道鶴屋學姊每封信的內容嗎？前兩集的『她』應該都是妳，可是妳在第三集沒有出場，但還是在知道那些事和手法的狀況下協助鶴屋學姊的吧？」

T求救似的環視周圍。

「…………」

然後佩服地看著早已不感興趣般回去看平裝書的長門說：

「好像還沒人宣讀我的權利呢……」

這裡又不是美國。想行使緘默權是妳的自由，可是律師要自費喔。

『沒關係，說吧。』鶴屋學姊也幫我們說話。

T嘆口氣，摸摸掛在耳後的頭髮。

「百聞不如一見，自己看吧。」

她撩起桌上的手機飛速滑動，最後令牌似的伸到我們面前。

「這是大概七年前，我們在某個宴會上狂拍的照片。」

那是兩個小學年紀的女生，以有大型水晶吊燈的豪華廳室為背景拍的照。大概是自拍吧，臉貼得很近。穿禮服的年幼鶴屋學姊和T的天真笑容可愛度爆表，甚至讓人以為來自異界的頑皮妖精要組成偶像搭檔征服地球了。

春日、朝比奈學姊和古泉也都爭先恐後地擠過來看照片。

「臭阿虛，擋路耶。」

春日一手拿茶杯伸長脖子，輕戳我側腦往手機鑽過來。

「哇，好可愛喔。妳們兩個都沒什麼變耶，直接放大的感覺。」

「啊啊～好棒喔～好可愛喔～」

朝比奈學姊都陶醉得扭動起來，發出節奏奇特的讚美。

「真的是認識很久了呢。」

化為我背後靈的古泉打了張安全牌。

「我想要這張照片～」

T寬宏大量地點頭答應朝比奈學姊的請求。

「信箱給我吧，我直接傳過去。可以吧，鶴屋小姐？」

『好喔～』

春日在回到團長席的路上問：

「所以說，妳也認識尚子嗎？」

「我就連之前的問題一起回答了吧。第三集的事，我的確是事先就知情。」

具有推研社屬性卻不加入我們猜兇手（姓名）的行列，即是她屬於主辦方的緣故。與其說溜嘴，不如閉嘴才是真理。

而T不知在驕傲什麼。

「除了那個以外，日文文章的敘述性陷阱我實在看不懂，想解釋也沒辦法。」

然後對春日說：

「我跟尚子很熟。Long ago，我們在鶴屋小姐的介紹下認識，她是個外表比實際年齡年輕很多的 oriental beauty，明年就要大學畢業了。」

「她比鶴屋大啊？回過頭來看……的確有這種感覺。」

『她過二十歲嘍。』

來自天之一方的鶴屋學姊聲音震動鼓膜。

「我們三個在家族裡都是同樣的 position，因此每次出門都有很高的機會 face to face，所以漸漸培養出了親密的 friendship。」

T繼續輕描淡寫地自述。

「再告訴你們一件事好了，故事裡那個醫生先生，是我的哥哥。」

聽到這裡，我都不曉得該怎麼反應了。

「他和尚子在當時，就已經關係密切很多年了。我的前面還有幾個哥哥，而他是最早來的那個。」

她是想說大哥吧。

鶴屋學姊跟著補充：

『還是先說出來比較好吧？尚子遠親那個名片哥的名字漢字跟你們猜的一樣，就是「武」。他們祖先是武家還大官什麼的，代代名字裡都有個「尚」字。至於動機嘛，我想就不用特別說明了。』

「是啊。」春日吸吮所剩不多的茶。「如果是好笑的我還想聽，但是聽學姊那樣說，應該不是那樣吧？」

『是啊～就當他是喝醉酒，對情敵動粗吧，感恩喔～』

那畢竟是傷害案件，如果有公權力介入就是個敏感問題了。

「妳哥哥的傷還好嗎？」

T表情從容地回答春日：

「現在他一點傷也沒有，活蹦亂跳的呢。聽說他最近太熱衷於研究，都冷落尚子了。這樣她以後還會變成我的姊姊嗎，感覺已經是生死關頭了呢。」

『不用替他們操心啦。』

鶴屋學姊掛起保證。

『話說回來——』

並稍微改變音調說：

『我差不多要走了，這次掛掉電話以後有一段時間不能聯絡，有沒有什麼事想跟我說的？除了帶土產回去以外喔？有就儘管說。』

在這種狀況下還要跟鶴屋學姊說什麼？範圍太大了吧。謎才剛解完，一時想不到新問題。

春日和古泉也跟我差不多，意外地睜大了眼。

但在我們開口之前——

『那我掛掉電話嘍。過幾天我會帶土產回去，你們就伸長脖子等我吧。拜啦～』

是飛機還火車到了嗎，鶴屋學姊頗為匆忙地結束了通訊。

「我再泡一壺茶喔。」

貼心的女侍裝學姊端起托盤幹活了。

春日在團長席抱胸咀嚼鶴屋學姊那些話的餘韻，古泉則將第一～三集釘在一起，而長門仍在讀書。

「不好意思……」

朝比奈學姊巡迴眾人座位收茶杯時輕舉一手，對T投注含蓄的視線，好不容易才下定決心似的問：

「請問各位為什麼都用縮寫叫她呢？」

「這是因為……」

T均等吊高兩端唇角說：

「那是我班上的朋友給我取的名。」

「事實上不是縮寫喔。」

覺得有必要說明的我催促T：

「T，請把妳的本名告訴朝比奈學姊。」

來自推研社的 visitor 高聲吸氣說：

「我的名字是奧緹莉·艾卓斯蒂雅·霍亨斯陶芬·保加拿（Ottilie Adrastea Hohenstaufen Baumgartner），往後還請多多指教。」

報出繞口令般的姓名後，她將空的訪客用杯交給朝比奈學姊。

這傢伙到底是什麼來頭，名字堆成這樣未免也太長了。怎麼想都是以遙遠未來的銀河為舞台的虛構歷史太空歌劇裡的角色。沒有憑什麼的稱號反而奇怪。

「其實有啦。」

她很乾脆地承認了。

「只有在正式自我介紹的時候才會用。老實說，那經常會弄得很混亂，而且我的家族名已經夠難記的了，所以平常都直接省略。請多見諒。」

「是喔……」

朝比奈學姊像是沒別的話能說，睜圓柔和的眼睛。

「那T這個綽號是哪來的呢？啊，奧緹莉的緹？」

這傢伙的綽號呢，本來有好幾個選項，後來女生之間漸漸習慣叫她T而成為主流，並於谷口當值日生時在班級日誌的通知事項上寫「留學生以後確定叫T」後徹底定型。T是跟緹差不多沒錯，而她本人是說：

「我是有史以來第一次被人取這麼 pressable 的綽號，其實還滿喜歡的。」

T字標記就此贏得勝利，T親自去找取名者谷口握手，而我那個阿呆朋友羞得滿身是汗，只能對她傻笑。

T以手指捲繞著耳際髮絲說：

「我聽說日文的名字大多不是只有音，而是有含意的。像小春就是 spring day，古泉就是 old spring。呵呵，真有趣。長門就是 long gate 了吧。可是我的名字寫成日文好像也不會有什麼意義。我不是不喜歡自己的名字，只是感覺很像古代悲劇裡會出現的人物，有點 melancholy。」

古泉告別白板，回到自己座位上說：

「妳是從什麼時候開始對懸疑推理感興趣的？在英文書當中，讓妳真正愛上這個領域的是哪本書？從誰的作品開始看起？這些我都好想知道喔。」

「我也很難說清楚，因為那是不知不覺養成的讀書習慣，多半是受到哥哥的影響。」

對喔，她是小妹。

「醫生先生嗎？」春日問。

「不是他。」

T板起了臉。

「是我最小的哥哥，也是雙胞胎哥哥。」

妳是雙胞胎啊？不要再加奇怪的屬性上去了。我本來就已經消化不良，這樣實在是塞到我會吐出來。

T銳利的目光刺穿了我。

「阿鏘你很沒禮貌耶，我這樣很正常。」

是啦，跟未來人外星人超能力者和涼宮春日比起來或許很正常。

「咦，雙胞胎哥哥喔？」

春日雙眸燦出星光。

「我好想看看喔，他有來日本嗎？」

「他跟我長得幾乎一樣，沒有差多少啦。我都不曉得看到他會不會開心呢。」

照鏡子會開心的也只有天生的自戀狂吧。

春日可說是今天頭一次很不禮貌地直盯著金髮同學的臉蛋到處端詳。

「鶴屋學姊的第三集裡沒提到妳的雙胞胎哥哥，他也沒在那裡啊？」

「呃……」

T顯得有點躊躇，最後張開她紅潤的唇說：

「那個哥哥，嗯，該怎麼說才好呢……很不適合那種社交場面，也欠缺看場合的能力，或者說狂妄自大，放蕩不羈。What to say，就是一個找不到合適日文來形容的人。」

春日對雙胞胎哥哥的興趣愈發濃厚，我卻敬謝不敏。要是再多一個莫名其妙的人進來，我可受不了。所幸——

「我不曉得他現在在哪，家裡也沒人知道吧。父親看起來一點也不慌張，想來可以放心吧。到聖誕節他應該會回家過節。」

「哼～」

T略微苦笑著換邊交疊長腿，繼續對哼鼻子的春日說：

「哥哥從小就習慣看書的時候唸出來，我也就在旁邊一起聽。其中有很多懸疑推理的小說，再加上其他一些想不到的影響，就跟我的興趣同化了。」

朝比奈學姊收回所有人的茶杯放在一起，一手拿碼錶一手拿熱水壺，小心翼翼地往茶壺倒開水。

「那鶴屋學姊呢？」我問。「妳會來北高是因為有鶴屋學姊牽線吧。對妳來說，鶴屋學姊是……」

說到一半，我發現需要挑選用詞，但到頭來——

「是怎樣的人？」

T挺直了腰，開門見山地說：

「鶴屋小姐是我的師父。」

什麼的師父？

「很多很多，主要是日文。她幫了我很多。」

我們的鶴屋大師該不會是為了尋開心而故意教妳怪怪的日文吧。

結果T聽了有點不高興。

「怪怪的是什麼意思？我知道自己的日文遠沒有你們這樣母語使用者那麼好，可是鶴屋小姐跟我保證說這樣講話很迷人耶。」

是可以這麼說啦。但鶴屋學姊的日文本身有種很獨特的腔調，既然妳是向這位鶴屋語 talker 拜師，遣詞用字有獨特風味也是沒辦法的事。

T的表情變得錯愕。

「你說我日文獨特是何種意思？」

仔細觀察她表情之後，我得到她是認真發問的結論。

當我為如何描述煩惱時——

「她跟我說日本人就像 Panurge 的羊群一樣，會把與眾不同的人當作有趣的人，該不會……」

她表情一下子變得很不安。

「請恕我冒昧，我的遣詞用字真的異於常人嗎？」

在T心目中，自己的日文說不定就像普普通通的青少年那樣，所以她想說的——

「咦？真假？我的日文怪怪的嗎？」

說不定是這樣。如果在腦中置換成這樣，的確是和她的表情、氛圍和動作都完全一致，一點也不奇怪。

「一點都不奇怪啦。」

春日從團長席挺身而出，對突然緊張害怕起來的同學說：

「在我看來，妳就是個有趣的同學，沒必要刻意改變自己，儘管放心吧。」

她還將臉上所有零件都用來組成笑容。

「而且在這個世界，妳的說話方式將會是一種強大的武器。沒錯，就是所謂的萌點！根據我的調查，會被妳外型和說話方式的反差萌到的人一定不少。」

妳那種沒有可信度的統計調查有什麼意義。

春日像個帶領迷途羔羊的邊境牧羊犬說：

「我想鶴屋學姊是希望妳能成為一個與眾不同的朋友，才自請當妳的日文家教的。學姊果然厲害。因為妳獨特的說話方式，我們班上才會不管男生女生都馬上就對妳產生好感跟同理心。」

在教室，T身邊經常圍著一圈同學說說笑笑。她對男女都是一視同仁，無論對象是誰都不會畏縮，還擁有不輸給這種膽量的好奇心，是個總有人與她對話的溝通怪物，彷彿對話就能讓她快樂得不得了。

第一集鶴屋學姊邂逅她那當時，那個坐在邊緣的鬱悶小妹妹的形影早已不留一點痕跡。雖然她回家以後或許會換上另一種表情，但我敢用我今天錢包裡五百元硬幣以外的所有零錢打賭，鶴屋學姊對她的人格塑造一定造成了不小的影響。

「感謝妳，小春。」

T腰一彎鞠躬道謝。

「妳的話給了我很大的confidence。我會繼續以鶴屋小姐為師，和她一起認真鑽研日語學問。」

那滿面的笑容，彩度高得給人室溫升高了一．五℃的錯覺。

春日也露出與她同步般的笑容。

「我雙手支持妳的決心。那麼，既然現在氣氛不錯，我有個問題想請教一下，可以嗎？」

「那當然。小春，有什麼問題都放馬過來。」

春日對心情大好的T說：

「我是覺得，我們已經把鶴屋學姊那三則故事裡用的手法都猜出來了啦，但其實還是有漏掉的吧？」

剎那間，T的笑容石化了。

「妳──妳在說什麼呀？我怎麼全然can't get no idea……」

她強行掰開面具嘴巴，吐出像是改編自滾石歌詞的話，眼神游移得能聽見嘩啦啦的打水聲。

「阿鏘，這個集會所是不是太熱了點啊？對了，這就是我聽人說的Japanese summer heat現象嗎？」

春日看著她往水手服胸口搧風，搭在桌上的雙手撐著下巴說：

「我就知道。剛才總覺得哪裡怪怪的，心裡很不舒服。」

「原來如此。」

久沒出聲的古泉終於開口：

「鶴屋學姊掛電話之前，有一段奇怪的等待。在我的感覺上，就像是在說『沒了嗎？』一樣，這樣就說得通了。」

大概是覺得有必要，他的臉又轉向白板。夠了吧。

春日摸著嘴唇說：

「我現在要想哪裡奇怪，T妳先別破哏喔。應該再想一下就會蹦出來了……」

她認真地瞪著房間半空中。

「應該是某個人提到了一件很重要的事……」

古泉的眼也對焦在相同位置，擺出思索的動作。

嫌犯T縮著身子，對桌上的手機投射求救的視線，但長門的注意力片刻不離敞開的書頁。

棒球社與管樂社無意間組成的環境音合唱，悄悄滲入忽然鴉雀無聲的文藝社社團教室。

儘管有全體社員加一訪客卻沒人出聲，使得社團教室瀰漫著奇異的氣氛。由於平常最吵鬧的春日和專門替她敲邊鼓的古泉都沉溺於深思當中，讓人可以好好觀察這個存在感切換為靜音模式，寶貴得有如瀕危動物的團長。

社外人士T依然沉默不語，長門比T還要安靜，只能聽見朝比奈學姊悅耳的備茶聲。

不久，那陶器聲響伴隨著其他物質繞行房間一週。

朝比奈學姊笑咪咪地將托盤上的茶杯發給每個人，並說：

「這是我混合各種茶葉沖出來的自製茶。之前也試過很多種搭配，可是結果都不太理想……

而這是唯一的成功配方喔。」

往杯裡一看，只見深褐色的液體正散發蒸氣。濃郁香醇這種詞，就是該用在這種時候吧。好像聞過這味道又好像沒有，像日本茶又像中國茶，能確定的是它具有難以言喻的芬芳。

我隨即端起茶杯靠向嘴邊，眼角見到春日也心不在焉地傾斜團長專用杯。

是誰比較早送進嘴裡的呢。

「！」

「？」

我和春日幾乎動作一致地抬起頭，想盡可能喝光流入口中的液體。但我們都無法一口吞下熱呼呼的茶，嗚嗚呻吟了十幾秒才終於將它擠進胃裡。

古泉看我們兩個喘得像狗一樣便悄悄放開茶杯，在朝比奈學姊「咦？」一聲後問：

「哪裡奇怪嗎？」

不只是怪，簡直是讓人想說自己小看了它的苦澀，滋味驚人啊。

春日也附和說：

「從來沒喝過這麼誇張的茶。到底是加了什麼才會變這樣？」

「有、有那麼糟嗎？」朝比奈學姊六神無主地問。

「實玖瑠，把這個的配方抄一份給我，我要拿來當懲罰遊戲。」

好歹用來當醒腦特效藥嘛，再怎麼說這都是學姊努力的結晶。而且習慣以後，這獨特的苦澀說不定會讓人上癮耶。

「奇怪，呃……」

朝比奈學姊以雙手捧起自己的茶杯，就像隻在森林一角發現陌生樹果的松鼠，戰戰兢兢地喝一小口。

「啊嗚！」

然後捂著嘴巴猛眨眼睛。

「對不起！我忘記加砂糖了！」

她淚汪汪地坦承自己的粗心，將砂糖包和湯匙發給所有人。

經過一群人往日式茶杯插湯匙猛攪的無厘頭畫面後，我既期待又怕受傷害地嚐一口朝比奈原創茶品，結果嚇一大跳，真的很好喝。

原本充滿雜味與苦澀的神祕混沌液體，光是加了點糖就發揮出渾然天成的美味。

「哎呀，真好喝。」

春日也不可思議地看著茶杯。

「太好了～」

朝比奈學姊一手拍拍心口，幫雙手都忙著看口袋推理小說的長門往茶裡加砂糖。

我想長門多半加不加都照喝不誤，但看看未來人與有機生命體©資訊統合思念體的日常交流也不錯。

至於T呢，就像在偵訊室一樣雙手擺在腿上，縮得小小的。到底有什麼值得她瞞成這樣啊，搞不懂。

無意間拿我跟春日試毒的古泉也喝了一口加糖版的茶說：

「我想差不多是濃縮黑咖啡加糖前後的差別吧？」

明明沒喝過原版還說得像評論家一樣。

我是沒喝過濃縮黑咖啡啦，感覺上用加糖前後的巧克力原液來比喻會比較接近。忘記在哪裡看到的，以前在南美是把原味可可亞湯當強精劑使用，有人知道嗎？

「是大航海時代的產物呢。」古泉說：「儘管我無法用現代的標準來肯定那個時代的一切，但美洲大陸的各種食物產物傳播到歐洲，進而拓展全世界的烹飪視野這點，無疑是一大美事。」

「像番茄就是嘛。」春日說：「還有辣椒、馬鈴薯、玉米這些……完全無法想像義大利人在番茄傳入歐洲以前都吃什麼耶。」

或許是想暫時放下眼前的鶴屋問題，春日的思緒飛到了中世紀前義大利半島的飲食生活，隨後拿茶杯的手忽然停住。

「砂糖……番茄……」

春日放下茶杯，低頭注視朝比奈學姊的原創特調。

「不是加進去，而是沒加……」

還呢喃著聽不懂的話。

「阿虛，你想像一個沒有番茄、辣椒、馬鈴薯、玉米的披薩。」

這樣披薩店的菜單會變得非常樸素吧。

「那幾乎就不算是披薩了。因為少了太多必要元素。」

妳想說什麼？如果是披薩的歷史就改天吧。

而古泉似乎已經了解她的意思。

「欠缺組成要素是吧……以創作而言就是半成品了，妳是這個意思嗎？」

「就是這樣，古泉。」

真虧你從那點說明就聽得懂。不愧是春日博士。

「所以呢？」我催他們講下去。「哪個是半成品？」

「那當然——」

春日取回笑容說：

「是鶴屋學姊的問題，那三則故事啊。」

我往T看，她用指尖撥弄糖包幾下，最後表情決然地撕開，倒入訪客專用杯中。

「追根究柢，為什麼鶴屋學姊要出這個推理遊戲給我們玩呢？」

從這裡開始喔？

「不是因為鶴屋學姊天生喜歡惡作劇嗎？」

我的回答讓春日搖了搖手。

「你什麼時候知道鶴屋學姊是這種人的？要不是看過一到三集，不然不會知道她不只是個一起玩很開心又豪爽愉快的學姊，還是個會精心策劃遊戲給我們玩的調皮鬼吧？」

說起來還真的是這樣。既然她大概是在美國，考慮到時差，一直這樣熬夜送信也不簡單。

若不是很棒的謎題，不會值得她這樣做吧。

那麼，是什麼讓這個謎題這麼值得呢？

春日的笑容指向安分的訪客。

「這或許要問T了。」

春日用很不像她的溫柔語氣說：

「T呀，這三集裡，有多少是編出來的？」

T用湯匙攪著朝比奈特調，視線在桌面上遊走了一會兒，最後發現沒其他地方放湯匙而放開，發出陶器與金屬相碰的清涼音效。

「為什麼妳會做出這種結論，我無法理解。」

T抬頭看春日，那秀氣的臉龐已拾回笑容。

「另外我想知道，我們到底是哪裡失誤？」

我也想知道。解釋一下吧，春日。

「第一，是T在這裡的原因。」

春日用加了砂糖的茶潤潤喉再說：

「我們認為T是鶴屋學姊派來的內鬼，所以鶴屋學姊要送信來，她就非得待在這不可。在阿虛發現竊聽器以後，這就不再是嫌疑，變成肯定——到這邊沒問題吧？」

應該是沒有反駁的空間。

春日滿意地點點頭。

「第二，就是阿虛你說的時機的問題了。」

真的，學姊來信的時機準得我都懷疑有竊聽了，肯定是有問題沒錯。

「更之前的啦。」

春日拿起放在團長席上的第三集。

「你看完這個以後不是有說感想嗎？不記得啦？」

我說了啥來著？

「你是這樣說的啦，聽好——

鶴屋學姊為家業跟老爸到國外去，參加新計畫的發表會這部分就當是真的好了，可是擁有聯想遊戲般人名的人成了兇手這種事，真的會剛好發生在這種時候嗎？

完畢。」

妳記性真好，但拜託不要模仿我的聲音，很不舒服。還有古泉，我知道你彈指是表示贊同，但這樣真的很做作，不准再有第二次。

「我好像是真的這樣說過，所以呢？」

「那不就是答案了嗎？鶴屋學姊碰巧在幾天前離開日本，又碰巧在外國的宴會上遇到案件，又碰巧學姊都認識案件的被害人和加害人，又碰巧被害人把死前訊息之類的話告訴學姊，又碰巧加害人的名字適合用來做敘述性陷阱。到底有多少個巧合啦？」

有多少巧都不夠碰呢。她會用什麼漢字代入タマ(tama)呢（註：日文中タマタマ(tamatama)為碰巧之意），這個問題好像可以拿來當心理測驗。

「我也同意這實在是太巧了點。」

我不是想替T辯護，但該說的還是要說。

「曾有句格言是說，連續三個巧合，背後一定有人操作。但光憑這點算不上證據，妳要怎麼證明故事是編造的？」

「我是有幾個旁證。」

春日檢察官指著散在桌上的影印紙說：

「知道第三集舞台在國外以後，我們看穿了混淆語言的陷阱，才能查明死前訊息的內容。後來我們因此類推，懷疑前兩集會不會也在國外也得以成立，並因此產生前兩集的『她』會不會不是尚子而是T的想法。」

是沒錯。

「那這樣就有點不自然了。既然第三集用車道方向不同來暗示那是國外，那前兩集也應該要有吧？想做就做得到才對。應該說，不做反而不自然。」

只有一點點吧？

「剛講的部分是只有一點點沒錯。可是第一集開頭太陽高度的問題，其實無從判別那是高緯度國家的夏天，還是因為經度不同而導致太陽晚下山而已。」

點出地點在國外的提示只要一個就夠了吧？

「要做一個完整的推理遊戲，不是應該要在這種地方講究嗎？」

春日的視線使T一反前態的微笑黯淡了點。

「說到不自然——」古泉化解沉默。「第二集的情境也是。那種像是秋收祭的奇特慶典是真的存在嗎？」

春日聽了說：

「要懷疑存不存在的話，有個人更值得懷疑。」

春日與T視線交錯。

「尚子這個人真的存在嗎？」

T欲言又止。大概是都說到這了，想聽到最後吧。

「第三集整件事也很值得懷疑。」

團長繼續追究。

「犯罪現場是會場旁邊的休息室吧？雖然是純靠想像，但既然會場很大，休息室應該也不小才對。再說有很多人來參加，那犯案當時休息室裡只有醫生和名片哥兩個就不太自然了吧？」

「而且整個會場裡，注意到慘叫聲而過去查看的只有鶴屋學姊一個呢。」

古泉如此補充。

這麼說來……是怎樣？連續巧合之後是不自然連打嗎。

「只要這樣想，這篇巧合和不自然再三肆虐的文章就合理了。」

春日露出最燦爛的笑容。

「鶴屋學姊寄給我們的故事其實全都是編出來的，對不對？」

打斷漫長沉默支配社團教室的，是我的話。

「所以是怎樣？鶴屋學姊和T聯手想了一個原創小說，還用上敘述性陷阱給我們猜兇手名字嗎？」

「有點不一樣。」

春日右手以手槍形狀指向T。

「你們想想T是什麼社團的人。要用推理遊戲挑戰我們的話，不是有個更合理的人選？」

SOS團的敵對組織，我一時間想到無數個。但是長門、古泉和朝比奈學姊的敵人應該都沒辦法籠絡鶴屋學姊，學生會執行部也做不到吧。

「也對，推研社嘛。」

春日像個看學生在黑板寫出漂亮解法的數學老師，露出欣慰的笑。

「對。他們甚至會在給我的七大不可思議資料裡偷偷摻一個自己編的人體模型之謎給我猜呢。T，那個有點靈異的謎題是誰想的？」

「推研社的老大——社長。」

T舉起雙手回答，是表示投降嗎。

「小春，那是我們知道妳在找學校的七大不可思議之後即興編出來的。」

「這次的死前訊息之謎，也是他在背後監管的吧？」

T沒否定，放下手喝口朝比奈茶。

「我們從頭到尾都以為鶴屋學姊是主嫌，T只是共犯，結果正好相反。T是主嫌推研社這邊的，鶴屋學姊才是共犯，只是用她的名義而已。」

「原來是這樣嗎。」

古泉點點頭。

「難怪推理過程有些牽強，這個推理遊戲還不算完成吧。」

「既然這都被你們看透，那我也沒辦法了。」

T放下茶杯，又擺出萬歲手勢。

「日本在這種時候好像要脫頭盔，可是我今天不巧沒帶。下次我會事先準備。」

說到這裡，她放下一手呈舉手姿勢。

「但是，我有幾處想訂正。」

「沒問題呀，T。我也想趕快對答案。」

「首先呢，第一集完全是事實，剛才那張照片就是當時拍的。然後第二集幾乎是事實，有幾個部分經過潤飾。那場慶典是還算有名的 festival，但直接寫出來你們就知道是國外了，所以改成稍微 wierd 一點。」

T不閃不躲地注視春日說：

「還有要說的就是，尚子這個人是實際存在，當然我哥哥和能登部武尚也是。但那件事跟小春推測的一樣，是我們虛構的。哥哥和他就像我跟鶴屋小姐那樣是老交情，另外我必須聲明，雖然故事裡把武尚寫成壞人，但他本人絕不是那樣，也不會用名片開玩笑，更不會拿自己的名字秀一段 stand-up comedy。如果要做，也只會在必須讓對方記住名字的時候做。」

「這麼說來——」古泉說：「第三集虛構的部分，就是尚子小姐與鶴屋學姊的部分對話、所有武尚先生的舉動，以及打從鶴屋學姊聽見慘叫起的一切嗎？」

「可以這麼說。」T回答：「在你繼續發問前，我先告訴你提案跟企畫的都是社長。點子是我和鶴屋小姐提供的，synopsis 是所有人一起想。第三集的劇本架構是由老大執筆，再交給鶴屋小姐 rewrite，一、二集則是由鶴屋小姐執筆，老大修訂了一部分。借用名字時，有經過尚子和武尚的同意。」

他們的社長究竟是何方神聖。我不想再認識更多這種麻煩的角色了。

春日不知我心中鬱悶，道：

「沒關係啦，還滿好玩的。不過，你們也知道這個謎題是有漏洞的半成品吧？為什麼自知沒做完也要挑戰我們？」

面對春日的疑問，T的回答是：

「這個改編於實際事件的 story，我們是打算用在推研社下次校慶的推理節目上，鶴屋學姊純粹是我找來幫忙的而已。這次經過你們的推理和指教，我發現了幾個需要修正的地方。我代表推研社感謝各位。」

看來我們被當成推研社實驗品的試金石了。奸詐。

「找你們測試一部分是出於鶴屋小姐的建議，但阿鏘，主要是因為你。」

話鋒在意外之處往我刺來。

「阿鏘，你在社刊上的 private novel 是我們 idea 的起點。所以社長說，先給你看過才合乎道義。」

我怎麼看都是把我當白痴耍。

「其實他是有跟鶴屋小姐偷偷策畫怎麼讓你們嚐嚐滑鐵盧的滋味就是了。」

我都能清楚看見他們當時的表情了。

「小春我問妳，妳覺得最大的問題出在哪裡？」

「那就是妳的存在吧。也就是『她』的身分。」

春日不假思索地說：

「要是沒有妳在就推理不出來的節目，別說是半成品，根本就不合格。這修得起來嗎？」

「其實憑這篇問題文，沒辦法 identify 前兩集的『她』其實是並非尚子的另一個人。由於那必須盡可能隱藏那個人就是我，我們也為了如何將提示穿插於文字裡煩惱了很久。然而，你們的推理給了我烏雲密布中，一道光梯從天而降的感覺。」

T翻過影印紙，用英文做起筆記。

「我一直很期盼小春、古泉和長門同學能替我找出問題呢。但話說回來，長門同學，妳怎麼會發現我的髮夾有問題？」

「對呀，我也很好奇。」

春日離開團長席來到我身邊，手掌朝上伸過來，我便將T交給我以後就一直在我手上的髮夾交給她。春日對它又按又掰地問：

「麥克風怎麼關？」

「我給阿鏘的時候就關掉了。」

根本看不出開關在哪。

春日再將它對著燈光看。

「有希，妳是怎麼發現這個有問題的？」

「…………」

長門慢慢抬頭，稍微歪起腦袋似乎在想該怎麼回答，最後——

「直覺。」

撒了一個漫天大謊就回去看書。

但不知為何春日和T都接受了。

「不愧是長門同學，一言主啊。」

T還將長門比喻為葛城山的神明。居然知道這種神，不簡單。

「直覺就沒辦法了。」

春日也像她平常那樣了然於胸的樣子。

「對了，實玖瑠。鶴屋學姊是真的因為家裡的事跟學校請假嗎？」

被點名的朝比奈學姊停下往茶罐貼「絕對要加糖」標籤的手，回答。

「對呀，她說她要出幾天遠門，回來以後借她看筆記呢。」

鶴屋學姊再愛玩，也不會為了誆我們而蹺課吧。大概啦。

「T，妳知道鶴屋學姊去哪裡嗎？」

「鶴屋小姐請假的確是為了 family 事業沒錯。」

T斬釘截鐵地說。事到如今，也沒必要說謊了吧。

「事實上，我們是因為鶴屋小姐要離開此地才決定做這樣的企畫，不是逼她請假。」

春日的鼻子「嗯哼～」地響起。

「這次換我有直覺了。」

她拿起手邊的第三集印稿第一頁。

「第一行敘述文其實就是提示了吧？」

我和古泉的眼也往她指的位置看去。那寫的是——

這裡是什麼地方哩。

「T，打電話給鶴屋學姊。」

她不是在路上嗎？

「如果我猜得沒錯，她應該會接。」

T吐了口嘆息似的氣，以纖長手指操作手機。

沒等三聲鈴響——

『嗨！比我想的還快嘛。想要問我什麼咧？』

鶴屋學姊的聲音有點壓低而模糊，果然是在交通工具上嗎。

春日耳朵貼近T的手機仔細聽了一會兒，突然笑著恢復姿勢，手扠腰一臉跩樣地大聲問：

「鶴屋學姊，妳現在在哪？」

『哈哈哈！真～是的，這都被妳發現啦。小莉全都招了嗎？』

奧緹莉，T，小莉。這個擁有多種稱呼的同學回答：

「我沒說，是小春的直覺。」

『是喔。那就沒辦法啦。』

我和古泉面面相覷。春日和鶴屋學姊之間似乎達成了某種共識，但我只能猜測她們思考方式類似，猜不到具體內容。

就在我覺得該開口問話那瞬間——

社團教室的門猛一敞開，撞得像氣球炸裂一樣響。

「哇——！」

然後報喪女妖般鼓足全力的叫聲衝撞我的鼓膜。

「喲咿！」朝比奈學姊跳離椅面五公分。

「…………」就連泰然自若的體現者長門都轉向門口。

「實玖瑠！我回來嘍！」

聲音的主人——鶴屋學姊一手拎著紙袋登場了。

土產是蕎麥餅乾。

鶴屋學姊聽T說明事情經過後表示：

「我是想讓你們都以為我在國外，然後咻～地衝進來嚇你們一跳的啦。」

並在訪客專用鋼管椅坐下，咔咔啃起自己帶來的茶點。

「真想不到，竟然會被你們全部扒光光。ＳＯＳ團真是太可怕了，甘拜下風啊。」

「妳是從哪裡寄信的？」春日問。

「我早就出差回來了，在家裡打滾的時候寄的。」

鶴屋學姊從朝比奈學姊手中接過用麥克筆寫上圓框鶴字標記的茶杯。

「都竊聽了，總不能再漏聽嘛。」

她若無其事地說出有犯罪嫌疑的事。

「你們說的一到三集都是之前就寫好，只有信是我後來慢慢打上去的。」

然後笑嘻嘻地看著我。

「耳機裡爆出大吼那時候，我剛好在家裡換制服準備過來，真的是嚇死我了。雖然是自作自受啦！」

鶴屋學姊用摻了砂糖的特調茶潤潤喉又說：

「這次旅行不用護照，是一個大好機會，剛好可以用來執行我精心策劃的推理劇本。不過我其實是還想多琢磨一點再拿出來啦。」

「社長當時的表情也是有點不甘願。」

T將蕎麥餅乾掰成小塊送進嘴裡。

「However，要是錯過這個機會，下次不曉得要等多久。這個 Japanese biscuits 滿好吃的嘛。」

春日吃一口還沒動過的羊羹才拿起土產。

「鶴屋學姊，妳跟推研社很好嗎？」

「不曉得耶～」鶴屋學姊歪起頭說：「我只是聽了小莉說的事覺得很好玩，想參一腳，而且我也很想寫寫看自己經歷過的事。但想歸想，哎呀，做起來真的好難喔。雖然跟推研社社長研究了很久，還是花了很多時間。」

「多虧這件事，我對T的生態有不少了解。」

春日對同班同學投以微笑。

「對能登部家的人也是。明明見都沒見過，卻對尚子有種說不出來的親切感，不曉得是為什麼喔。」

聽了這句話，兩名非團員對看起來，莞爾一笑。大概是有某些同時認識尚子和春日的人才會了解的共識吧。不認識的我無從得知。

我看她們說得差不多了，說出心裡的疑問。

「對了，鶴屋學姊，妳在門口等多久啦？」

「嗯喵，沒有等很久啦。」

這學期升為最高年級的開朗學姊說：

「春日喵打電話來那時，我已經在校舍裡，往這裡走的路上了，然後停都沒停就開門啦！」

就連最後也抓得剛剛好嗎。春日這神一般的打電話時機，嗯，就當巧合好了。

「話說回來，妳怎麼知道我就在附近？」

春日答道：

「直覺啦。」

從大言不慚的春日身上，能感到毫無根據的自信。正常的，這傢伙的思考方式本來就沒有準則可循。

「直覺就沒辦法了。」鶴屋學姊也說出和春日一樣的感想。「發現麥克風的果然是長門啊，誠不欺我呢。」

髮夾此時來到鶴屋學姊手上。

我實在很想知道那薄薄的金屬片，究竟是怎麼辦到收集周圍談話這個收音麥克風的機能。

鶴屋學姊閉起一眼說：

「只要你願意簽ＮＤＡ，我什麼都告訴你。」

別傻傻在不懂的東西上簽名可是人生鐵則。不然一醒來發現在自己人在外籍傭兵團中就糗了。

鶴屋學姊活潑地哈哈大笑，將髮夾彈上空中。

「阿虛，雖然說有有希幫你，但我還是沒想到你會懷疑到這上面來耶。我很有自信的說。」

怪得還滿明顯的啊。平常她都沒戴髮夾，而且那根本沒達到束住頭髮的功用，懷疑有問題是人之常情嘛。我是對那種飾品不熟，也沒有足以評論女性衣著的知識，才沒有特別去吐槽。

T拍拍裙子上的茶點碎屑說：

「如果想達到最好效果，我應該幾天前就開始戴的。沒那麼做是因為——」

故意不戴的吧。

T太陽般的笑容已經說明一切。

爾後，眾人圍著鶴屋學姊閒聊起來。

聊她這幾天去了哪裡做些什麼，這次她不用書信，直接以口頭方式述說遊記，春日、T、朝比奈學姊和長門都乖乖地聽。看著那群女生吵鬧又可愛地對話時，我感到側邊有些動靜。

古泉以自然動作向我使眼色，我也看出他的意圖，喝光剩餘甜茶離開座位。

「上個廁所。」

「我也一起去。」

到了走廊上——

「關於那個髮夾。」

古泉帶著平時那種微笑說：

「想不到契訶夫之槍會在這裡體現呢。」

那又是什麼，巴夫洛夫的狗之類的嗎？等等，說不定我聽過，跟我講講那把槍吧。

「俄羅斯帝國時期的劇作家安東．契訶夫的論點，大概是這麼說的——假如第一幕有把槍掛在牆上，那麼這把槍非發射不可。意思就是，當你擺一個會引導讀者思考的道具出來，就不應該讓它只是擺在哪裡。要是這個道具跟劇情沒有任何關係，不如一開始就別讓它出現。後來這成為一種劇作法則，一言以蔽之就是『不要下收不了的伏筆』吧。在創作故事上，是一種警句。」

這概念與我的人生一點毛關係也沒有呢。

「她平時不戴髮夾，卻只在今天戴了，這樣的日常變化正是契訶夫說的這把槍。這是與她同班，每天都會見到她的你才會知道的伏筆。」

感覺有點太故意，大概是一方面用來當竊聽器，一方面給我們作提示吧。真的是服務精神有夠旺盛，受不了。

「順道一提。」古泉先提個前，說道：「契訶夫是個知名劇作家兼小說家，作品眾多，其中也包含本格推理。尤其是《安全火柴》這個已經超過一百歲的喜劇短篇中，還有一段依然能諷刺現代的推理場景。這或許顯示出當時的人與現代人的感性變化不大，抑或是本格推理的爭論歷史總是會像輪迴一樣一再重演——」

不好意思，就連眼蟲藻的鞭毛都比我對俄羅斯文學的興趣長，這種話題就留到T和長門面前說吧。

我們很快就來到男廁，但我不是特別想洩洪，窩在學校角落的陰暗空間也沒意思，便在洗手台對著鏡子空洗手。

我不禁想，劇中出現的道具都必須設定用途這種設限，也許算是一種自我挑戰。不然布景中應該會有些幾乎沒有價值，聊勝於無的擺設才對啊……

這時，我腦中敲起警鐘。

那個怎麼看都是個金屬片的髮夾型收音裝置，很難相信是現代科技的產物。拿它對不知情的人解說，也無法輕易取信吧。而那個人或許會這樣說——

簡直像ＯＯＰＡｒｔｓ一樣（註：指不明的文明製造的古物）。

讓我想起今年二月中，我被春日準備的假藏寶圖耍得團團轉的事。

當時，我請鶴屋學姊上山挖挖看某個地方，結果她挖出一個東西，給我看照片。

那個約十公分長的金屬棒據說是由鈦鉋合金構成，用途不明，已埋藏三百多年。

近期內將會用到那根金屬棒——

這會是前兆嗎？

「不，應該不是。」

自囈溜出口中。身旁的古泉表情似乎有些古怪，但他看了看思索的我之後，大概是決定不多嘴，什麼也沒說。

鶴屋學姊再厲害，也不是擁有超能力的神奇女孩。說穿了就是沒有長門、朝比奈學姊或古泉這樣超乎一般認知的特殊設定。鶴屋學姊沒有成為那個房間的居民，就是最有力的證據吧。要是連她都有超自然能力，肯定早就被春日的無意識神祕力量編為SOS團的一員了，而且還是創團成員之一。

沒發生這種事，即是她只是普通人的反證。

我不知道鶴屋學姊和我們SOS團始終保持若即若離的微妙距離，是由於她天生的直覺使然，還是因為她已經察覺到我們異於常人，不過這卻讓她處在一個值得慶幸的位置。

她是我們在束手無策時唯一能依靠的學姊，但不能讓她牽涉到外星人、未來人或超能力者等SF事物。

也是啦。即使鶴屋學姊擁有與春日同級的行動力，家裡又擁有和古泉所屬的「組織」相當的組織力，她仍不是春日或古泉，就是個常識範疇內的正常人，應該不至於是能夠處理資訊統合思念體、周防九曜或敵對未來人的女高中生。

根本沒道理拜託她去做那種事。

因此，之後的事必須我來做。交給鶴屋學姊保管的神祕金屬棒，總有一天我會來處理。

這預感彷彿是種微弱的預知，刺激著我的腦子。

不過這只是毫無異能的我的無根據直覺，沒有什麼好多想的吧。

「對了，你叫我出來不是為了講俄羅斯的槍吧？」

洗完手，我邊用手帕擦乾邊問，和我一樣動作的古泉開口說：

「你是什麼時候發現真相的？」

什麼意思？

「依我看，不是在第二集途中才對。」

古泉將手帕收進口袋。

「你是最適合扮演華生的人。你今天真的是在絕佳的時機提出了絕佳的疑問呢。」

可以把時機當成今天的關鍵字了。

「你的問題真的是問得很妙。」

我只是不懂就問罷了。

「其實你早就看透一切了吧？」

這未免太抬舉我了。我直覺沒春日那麼靈敏，也沒有看透了還能裝傻到底的演技。

「好吧，就先當作是這麼回事。」

他居然這麼乾脆就收兵了。

「在本格推理中，也有專門讓華生比偵探更早查明真相的一派。」

本格推理什麼都行耶。這樣還算得上本格嗎，我很懷疑。

「那你呢？」

我雖然看出SOS團裡沒有內鬼，但古泉嫌疑最大。為了不讓春日做出太脫軌的行為，他會主動提供各種保險的活動。因為當春日專注於這些活動時，就不太會扭曲現實什麼的。

「你敢說自己不是刻意拖延讀書心得的時間，好讓T順理成章留下來的嗎？」

古泉不改微笑地回答：

「我還很希望她們找我扮演緊急救援的角色呢。在死前訊息這一部分，只要有適切的提示，至少我和長門同學很可能先查出能登部武尚這個名字。」

並與走向社團教室的我比肩而行。

「安東尼・柏克萊的作品裡就有一部以『禁止服用』為題的長篇小說，原題當然是『Not to Be Taken』。我之前說我有我的根據就是指這個。」

古泉有點惆悵地說：

「雖然我們都在玩這個遊戲，但我卻覺得只有自己在玩簡單模式。所以我才會這麼疲乏。」

是啦，假如古泉跟他們一夥，鶴屋學姊或T早就意氣風發地揭露真相了，這次我就相信你。

「但我真正在意的，是另一件事。」

我姑且聽聽。

「涼宮同學讀完第一集之後不是說出她的推理嗎？我很擔心那就是真相，或是變成二、三集裡的手法。」

她說啥來著，第一集的「我」不是鶴屋學姊，「她」才是嗎？後來還瞎猜說「我」和「她」都不是鶴屋學姊嘛。

「結果她兩次都猜錯了。」

在線索出來以前瞎猜，猜錯很正常啊。

「你真的這麼想嗎？」

古泉盯著我太陽穴一帶說：

「猜的不是別人，而是涼宮同學喔？」

原來如此，我大概知道你在怕什麼了。

「假如春日的直覺即是真相，有可能是她將現實扭曲成自己所想的真相嗎？」

「也可解釋為預知能力在無意識之中覺醒了。」

不管是哪邊都不太妙呢。

「但結果好像沒怎麼樣？」

春日以第一印象打出的預測失準，是因為她能力衰退，還是腦袋更趨近正常人了，抑或是這全部都是春日想要的結果呢。

「以涼宮同學原來的超感應力來說，她應該在第一集就把真相全說中了。」

我們緩步前進。

「喔不，也不用說中，光是她靠直覺瞎猜就會直接化為現實了吧。鶴屋學姊她們準備的解答也會瞬時改寫，宛如從一開始就是唯一真相般展示在我們面前。」

這個話題必須在走進社團教室前結束。我們的步行速度換檔成龜速。

「可是結果如你所言，沒有發生那種事。她的直覺以失準作結，解答沒有遭到改寫。」

那不是謝天謝地嗎，結那屎臉幹什麼？

「如果這表示涼宮同學改造現實的能力正在衰退，那倒是值得慶幸。」

古泉摸著下巴說：

「但如果不是那樣，又將是如何呢？假如涼宮同學沒有無意識地改造現實，而是自願選擇了這種解答——」

有什麼問題嗎？

「只要是想到的事，都是有意識的行為。倘若無意識的改造會凌駕並抹消有意識的改造，甚至修正了她原本想要的結果，那就是無意識會產生出比有意識更強大的能量。」

那傢伙不老是在無意識之中這樣那樣嗎，閉鎖空間就是那種事的產物。

「有意識與無意識對立時後者為先，就是一個問題。我也希望是我白操心，但如果這種傾向持續下去，涼宮同學那原本就無法控制的力量說不定會變得更失控。」

你是說既然無意識勝過有意識，那麼當春日的神威失控時，她自己也無法主動去阻止嗎？

「簡單來說就是這麼回事。」

可是別說我們，這世上都沒人能確定這場推理遊戲的結果究竟有沒有遭到春日改寫啊。

「一點也沒錯。後期昆恩問題，是因為偵探走不出故事背景才得以成立。他們無法從故事外的角度去認知整個故事。這也是當然的事，偵探並非作者亦非讀者，不知道故事中沒描寫的事物是天經地義。」

好像在說如果相信世界是平的就不會走到地動說一樣。又好像不太對。

「不僅是艾勒里・昆恩，當書中出現與作者同名的角色，都會寫成兩者並非相同。畢竟總不能在書裡放一個知曉書中一切，能掌控一切的全知全能的神嘛。」

這可能也是古希臘史詩寫得很壯大卻不怎麼好看的一部分原因。

「然而涼宮同學卻能做到這一點，可以干涉、影響我們所存在的這個現實。我們——外星人、未來人和超能力者之所以存在於此，就是因為她力量的發顯。她胡亂選擇的ＳＯＳ團員正好都與超自然現象有關的機率，究竟有多少呢。」

缺錢的時候要逼她去買彩券才行。

「彩券的中獎機率很可能會比照現實就是了。之前應該也說過，她會對稀鬆平常的事給予常識性的判斷。」

古泉笑得像開玩笑一樣，拉回正題。

「先假設涼宮同學是推理小說中的偵探，要找兇手好了。而她有處於故事結構之中卻能恣意改寫故事的能力，那麼會發生什麼事呢？劇情發展將無關於作者和讀者，會隨單一角色的無意識與直覺而改變。」

是說每次讀的結局或兇手都會變嗎，那還滿賺的嘛。同一本書可以重複看好幾次。

「恐怕不會是這樣。」

你憑什麼這麼說？

「因為涼宮同學的改寫能力多半會影響到故事外的世界。就假設你讀了這本書兩次的兇手都不同好了，但讀者卻不會發現這件事。當第二次的真相化為現實，你讀過另一個真相的記憶就會遭到改寫。當你再去讀同一本書，你只會覺得過去都是這樣。」

改寫記憶啊，還滿討厭的耶。

「那會是整個現象遭到改變，而不是專挑某個人的記憶去改寫。畢竟——」古泉頓一拍之後說：「那全都是涼宮同學是在無意識之中做的。」

我不會怪她壞心，也知道只要不失控，那至少比刻意為之來得好。但假使春日真的是古泉說的那樣，就像是在說故事世界裡有個「不知道自己能掌控一切的神」。

這麼說來，說不定事情的確就像古泉說的那樣，有點恐怖。

「別擔心啦，船到橋頭自然直。」

在春日忙著想其他事情時，就不會無意識地去想要把世界弄成怎麼樣吧。如果能幫她解悶，多來幾個人畜無害的小事件也不錯。例如自創七大不可思議或這次這樣。

能看到文藝社社團教室的門了。從中傳出四位女高中生聊得正起勁的聲音。

突然我覺得，有件事得先問問。

「那個姓橘的女的怎麼樣了？」

古泉像是已經料到，毫不遲疑地回答：

「他們已經玩膩祕密組織的遊戲了吧。就算繼續再追著佐佐木同學跑，也得不到些什麼了。要說有的話——」

周防九曜嗎。

「是啊。不過這方面就不是我能幫得上忙的了，只能交給你和長門同學處理。」

能當T是普通人吧。

「應該可以。」

那就好。

我們開門的同時，鶴屋學姊和T正好離席。

說是要回去向推研社報告。

「今天真的非常感謝各位。」

T深深鞠躬。

「我現在明白，你們的確是一種pressure。印象和我從鶴屋小姐那聽來的沒有任何差別。Thanks friends。」

她動作誇張地與我和古泉握手。礙於禮貌，我也只好和這個明天又會在教室見面的同學握手。她和古泉道別時，說的是：「下次我們來聊布朗神父系列中最喜歡的短篇作品。」最近還有跨足小說家的神父嗎。

鶴屋學姊在一旁綻開大大的笑顏，拍拍我肩膀說：

「呀～！今天真的好好玩喔！我一直在偷笑喔！下次再來玩！」

說罷便揮手離去。

「再見啦。」

「好的～」

春日和朝比奈學姊也一個在團長席，一個捧著茶壺目送她的背影。

這時我突然對如此社團教室的情景，有種彷彿兩張圖找不同遊戲的感覺，不久發現是長門改變姿勢了。

「…………」

這妹妹頭的女生闔起手上的書，完全中斷讀書行為，凝視鶴屋學姊的背影。在兩人離開我們視野之前這段短暫時間裡，我感到她的視線含有前所未見的強烈意志。

有如塔羅牌「太陽」中那兩名天使的鶴屋學姊和T離開後，運動社團和文質社團合奏出的環境音化作寂靜，填滿了社團教室。

古泉坐到我身旁，意猶未盡地將鶴屋&T故事1～3集整理成一疊，從頭再讀。

覺得團長也變得很安靜而看過去，發現她沒在看哪裡，就只是發著呆，慢悠悠地喝她所剩不多的茶。

表情好似溫馨電影中的一景，影中人在細嚼無足輕重的日常溫暖，瀰漫著特別恬靜的氣氛。

我居然會將那恬靜視為某種壞預兆，真是被寵壞嘍。

如此感嘆時，我和春日對上了眼。

她立刻皺眉瞪眼，隨即又撇開視線，對焦在電腦螢幕上。

閒來無事的我瞎盯著空空如也的杯底看，一旁有個女侍裝身影依附過來，手捧茶壺問：

「要再來一杯嗎？」

我抬頭望向朝比奈學姊笑咪咪的玉顏，滿懷感激地請求續杯之餘問個問題。

「朝比奈學姊，妳看第三集的時候不是要把紙張盯穿一樣看了很久嗎，是哪裡讓妳那麼在意？」

這位升了高三也不怎麼像姊姊的學姊女侍，一邊替我的茶杯倒原創混搭茶一邊說：

「那是因為……呃，DNA電腦……這個詞，讓我有點好奇。」

「可以告訴我為什麼嗎？」

朝比奈學姊只是對我笑，對看一會兒後我聳肩放棄。

該不會是禁止事項吧？

對於以沉默發問的我，永恆的見習女侍擴大她的笑容規模，食指在櫻唇上一抵就翻盪裙襬而去。踏著輕盈腳步走向熱水壺的身影，彷彿專司茶水的精靈。

DNA電腦啊。我對其架構與基本概念一丁點也不懂，是存在於體內的嗎？我想起朝比奈小姐（大）曾對我說的話——

無形地存在於我們的頭腦中。

想像力忽然狂飆。

我會發現竊聽器，是因為長門特地搬椅子注視T的頭給我看。

會不會當時長門看的不是髮夾，就只是T本人呢？

會不會T體內埋藏了某種竊聽系統呢？髮夾純粹是障眼法，實物在體內……

「不會吧。」

未免太突發奇想。要多未來的科技才辦得到這種事啊。

可是……

如果只是傳送座標的發訊器呢？

鶴屋學姊在第二集的解答信裡提到「我們到現在都還沒發現它裝在哪裡」。這個全身每個角落都洗過一遍也弄不掉，肉眼無法辨識的未知GPS追蹤器會不會就是種微型機器，已經植入鶴屋學姊和T體內了呢？

而長門對T和鶴屋學姊那異樣的注視，會不會不只是因為發現那種東西的存在，還關閉、破壞，甚至直接將其消滅了呢？那鶴屋家和那個保啥家的某某部門的人現在是一片慌亂了吧。

假如長門真的那麼做了，多半是想以她的方式答謝提供推理遊戲的她們倆。說不定她表面上興趣缺缺，實際上卻是玩得很高興。抑或是早已看透了一切，甘於作一位旁觀者……

當然，這全是我的妄想。百分之百。

我窺視長門的側臉。那張面向書頁，總是靜默且面無表情的臉動也不動。

但有那麼一瞬間，我怎麼想都覺得她唇角一端往上彎了目視所無法辨別的細微弧度。

喝口茶，感受其熱度逐漸提升體溫的滋味之餘，我望向窗外。中庭的櫻樹滿頭翠綠，隨山風婆娑起舞。

夏天就快來了。

後記

好久不見。新作讓各位等了這麼久，我必須先在此謝罪。這一點辯解的餘地也沒有，我也不打算辯解。老實說辯解這種事，我連想都沒想過，這全都是我染上怠惰惡習與頭腦駑鈍所致。假如您是屬於並沒有特別在等的這一邊，也感謝您拿起這本書。

不限於這次，後記總是讓我頭痛。我是個不太懂得怎麼聊自己的作品，只會盡可能用無關的事去灌水後記的人。生活又不是過得有趣，足以寫在後記的趣事日夜積累這種事完全不會發生，我還有十五分鐘內就講完我整段人生的自信。

我對後記的想法，就讓我引用香港推理小說家陳浩基先生的《13・67》一部分後記來代為解說吧，他的說法比我好上太多了。陳先生在表示他原本並不打算寫後記後說——

因為我想，作品被作者「生」出來後，文本有其生命，讀者從它身上看到什麼、領略到什麼，是讀者的自由，是獨一無二的個人經歷。與其由作者說一堆有的沒的，不如讓讀者自行體會。

然後相當詳細地解說了這部作品的由來與作品分析，而我想這都是因為它是以歷經大起大落的香港為舞台的一種時代小說。

反觀這《涼宮春日的直覺》所收錄的三則故事，雖然分量分短中長，菜色豐富，卻完全沒有厚重的社會背景與複雜的人際關係，其中〈無厘數〉還是我在泡澡時思考RSA加密演算法構造時想到的。而在泡澡時靈光乍現或茅塞頓開的現象似乎不怎麼稀奇，很多人都有這樣的經驗。對於是何種機制刺激腦部活化有很多說法，但我想洗澡這個完全例行化的動作才是主因。除了小時候，幾乎所有人在洗澡時都不用特別去想做什麼，肢體自然會行動。應該沒人在洗澡時會想「先洗左手再洗右手，然後背胸腹腳這樣洗下來，最後還得用洗手台裡的熱水把全身沖過一遍」吧。基本上，從脫衣服進浴室到出來的整個行動都已經自動化了。至於我個人呢，則是洗完澡到開冰箱這段都完全自動化了。偶爾會在這流程中忽然回神自問：「咦？我有洗頭嗎？」也應該是這個緣故。而如此有意識，身體也還在動，卻幾乎沒什麼用到大腦的肉體自動化狀態，也許會讓我們的大腦誤以為發生了某種不安定的異常狀況，使神經元的電流產生震盪，導致大腦在下意識中配合肢體動作加速運轉，「喏」一下就把我們以表層意識思考卻停滯無果的各種問題解答丟出來了。常有人說散步有助思考，我想那同樣也是不經思考的持續行動加速大腦運作的現象。雖有在學會發表的想法，但這個機制說不定早就有人解明並命名，我就不獻曝了。

〈七大不可思議延長賽〉是由責編「他們上的高中沒有七大不可思議嗎？」這麼一個問題開始，然後讓每個角色去想「春日會怎麼設計七大不可思議」，模擬他們的思考方式而不停演繹，把故事愈滾愈大。然而有七大不可思議的學校，全世界究竟有幾所呢。說個題外話，睡不好時隨便創一個角色出來，讓他在馬虎的劇情發展中行動很容易不知不覺睡著，推薦給各位。

〈鶴屋學姊的挑戰〉大概是把我想寫寫看的東西一次全塞進去的感覺。有很多引用著作的句子跟鶴屋學姊的自稱什麼的。假如各位三則故事看下來而有傻笑賊笑燦笑等任何形式的笑容，就是我最大的喜悅。

最後向本書的編輯、校潤、製作、運送、販售等所有相關人士，以及每一位讀者致上我深深的感謝。下次再見！

最後的幾句話

二〇一九年七月十八日，發生於京都動畫公司的悲劇讓我真的不知道該說什麼才好。感覺千言萬語道不盡，也不是言語可以說清的東西。所以我說不了多少，能說的就只有儲藏在我腦中一隅的短暫回憶。

這部作品動畫化時，我受了京都動畫公司許多人員的照顧，多到我怎麼謝也謝不完。儘管我實際見過面的人不多，交談過的又更少，但即使搬上螢幕後這麼多年，當時深烙在我腦中的種種景象仍使我難以忘懷。這些回憶，就像是我個人的備忘錄一樣。

因此，能說的就只有以下兩句。

我絕不會忘記你們。

我絕不會忘記你們為我做的事。

能贊同前兩行的讀者，請自動將主詞當成複數。直接改寫成自己喜歡的也無所謂。

我所能記得的事僅是寥寥無幾，相信有更多人記得更多更多。而那全是屬於他們自己。

我一定會用一生去珍惜這份刻畫於心中的小小回憶。非常非常感謝你們。

參考文獻

・七大不可思議延長賽

《古今著聞集　下》　西尾光一・小林保治校註（新潮社）

《古今著聞集—物語の舞台を歩く》　本鄉惠子（山川出版社）

（暫譯為《古今著聞集—走過軼事的舞台》）

《火閻魔人》　奧瀨サキ（幻冬舍）

（中文版漫畫《火閻魔人》（尖端））

・鶴屋學姊的挑戰

《シャム双子の秘密》　艾勒里・昆恩　越前敏彌・北田繪里子譯（角川文庫）

（中文版《暹羅連體人的祕密》（臉譜））

《ニッポン硬貨の謎》　北村薰（創元推理文庫）

（暫譯為《日本硬幣的祕密》）

《最後から二番めの真実》　冰川透（講談社NOVELS）

（暫譯為《倒數第二的真相》）

《法月綸太郎ミステリー塾　海外編　複雑な殺人芸術》　法月綸太郎（講談社）

（暫譯為《法月綸太郎推理教室　海外篇　複雜的殺人藝術》）

《江神二郎の洞察》　有栖川有栖（創元推理文庫）

（暫譯為《江神二郎的洞察》）

《記録の中の殺人》　石崎幸二（講談社NOVELS）

（暫譯為《記錄中的殺人》）

《KADOKAWA　MYSTERY2001年4月號》專欄〈論理の聖剣〉　二階堂黎人（角川書店）

（暫譯為〈邏輯的聖劍〉）

《大癋見警部の事件簿》　深水黎一郎（光文社文庫）

（暫譯為《大癋見警部事件簿》）

《Xの悲劇》　艾勒里・昆恩　鮎川信夫譯（創元推理文庫）

（中文版《X的悲劇》（臉譜））

《世界短編傑作集1》　江戶川亂步編（創元推理文庫）

（暫譯為《世界短篇傑作集1》）

・後記

《13・67》　陳浩基　天野健太郎譯（文藝春秋）

（中文版《13・67》（皇冠））

魔導具師妲莉亞永不妥協
～從今天開始的自由職人生活～ 1 待續

Kadokawa Fantastic Novels

作者：甘岸久弥　插畫：景

才剛搬入新居就慘遭未婚夫悔婚，
轉生的女魔導具師從此踏上不再委屈的自由人生！

轉生到異世界的魔導具師妲莉亞・羅塞堤慘遭未婚夫徹底悔婚之後，決定按照自己喜歡的方式過活。去想去的地方、吃想吃的東西、做她最喜歡的「魔導具」，生活逐漸充滿歡笑。而她所做的便利魔導具也為異世界的人帶來幸福——

NT$240/HK$80

幽冥宮殿的
死者之王
1
槻影
【插畫】
メロントマリ
Kadokawa Fantastic Novels

2
Scoop Musou
つちせ八十八
插畫 憂姫はぐれ
鐵鏟無雙
「鐵鏟波動砲！」
Kadokawa Fantastic Novels

八男？別鬧了！ 1~16 待續

Kadokawa Fantastic Novels

作者：Y.A　插畫：藤ちょこ

導師阿姆斯壯的少年成長故事！
與艾弗烈等人在王國初期活躍登場！

妮娜和導師前來探望快要生產的艾莉絲和威爾。他們開心談論即將出生的孩子，連帶聊起導師的過去——描述大器晚成的阿姆斯壯於懵懂少年時期的成長，他與美少年布魯諾相遇並成為夥伴，然後對當時大放異彩的艾弗烈產生競爭心！

各 **NT$180~240/HK$55~80**

打工吧！魔王大人 1~20 待續

作者：和ヶ原聡司　插畫：029

魔王與勇者展開親子三人的同居生活!?
消息傳到異世界安特・伊蘇拉引起軒然大波！

阿拉斯・拉瑪斯也出現異常。為了拯救女兒，魔王說服了原本頑固拒絕的惠美，前往她位於永福町的家。在目睹了擺在玄關的室內拖鞋、大冰箱和獨立衛浴等遠勝三坪大魔王城的設備以後，魔王大受震撼，親子三人就這樣在惠美家展開同居生活⋯⋯

各 NT$200~240／HK$55~75

入間人間
插畫／のん
安達與島村
8
Kadokawa Fantastic Novels

國家圖書館出版品預行編目資料

涼宮春日的直覺 / 谷川流作 ; 吳松諺譯. -- 初版. --
臺北市 : 臺灣角川, 2020.11
面 ;　公分. -- (Kadokawa fantastic novels)
譯自 : 涼宮ハルヒの直観
ISBN 978-986-524-104-9(平裝)

861.57　　109016132

Kadokawa
Fantastic
Novels

涼宮春日的直覺

（原著名：涼宮ハルヒの直観）

2020年11月25日　初版第1刷發行

作　者：谷川流
插　畫：いとうのいぢ
譯　者：吳松諺

發行人：岩崎剛人
總編輯：蔡佩芬
編　輯：黎夢萍
美術設計：莊捷寧
印　務：李明修（主任）、張加恩（主任）、張凱棋

發行所：台灣角川股份有限公司
地　址：105台北市光復北路11巷44號5樓
電　話：（02）2747-2433
傳　真：（02）2747-2558
網　址：http://www.kadokawa.com.tw
劃撥帳戶：台灣角川股份有限公司
劃撥帳號：19487412
法律顧問：有澤法律事務所
製　版：巨茂科技印刷有限公司
ISBN：978-986-524-104-9